告別成長的煩惱④

小博士的大考驗

關麗珊 著

新雅文化事業有限公司
www.sunya.com.hk

告別成長的煩惱 4

小博士的大考驗

作　　者：關麗珊
插　　圖：Sara Costa
責任編輯：陳友娣
美術設計：何宙樺
出　　版：新雅文化事業有限公司
香港英皇道 499 號北角工業大廈 18 樓
電話：(852) 2138 7998
傳真：(852) 2597 4003
網址：http://www.sunya.com.hk
電郵：marketing@sunya.com.hk
發　　行：香港聯合書刊物流有限公司
香港新界大埔汀麗路 36 號中華商務印刷大廈 3 字樓
電話：(852) 2150 2100
傳真：(852) 2407 3062
電郵：info@suplogistics.com.hk
印　　刷：中華商務彩色印刷有限公司
香港新界大埔汀麗路 36 號
版　　次：二〇一八年六月初版

ISBN: 978-962-08-7063-7

18/F, North Point Industrial Building, 499 King's Road, Hong Kong
Published and printed in Hong Kong

目錄

序

成長的快樂與煩惱

——關麗珊

童年的快樂是近似的，我們有父母和長輩疼愛，上學讀書樂趣無窮，吃喝玩樂稱心如意，跟同學和朋友相親相愛，每天過得簡單開心，連發夢都有可能在笑。

當我們一天一天長大，或要面對伴隨成長而來的問題，我們的快樂依然接近，但要面對各有不同的成長煩惱。

我們可能像「**含羞草女孩**」小薇似的內向害羞，看見同學動靜皆宜，但不懂得怎樣表達自己，害怕公開表達意見，不知道應否變得活潑外向，感到懊惱。

也許，你曾經相信每個夢想都會變成事實，長大後，開始懷疑追逐夢想可會徒勞無功，就如「**追逐夢想的哈比**」一樣。哈比的夢想是成為NBA球星，卻為身高苦惱，一方面感受到追逐夢想的快樂，另一方面因為害怕夢想幻滅而忐忑不安。

快樂的孩子或跟擁有「**幸福女孩的秘密**」的公主

盈盈相似，從小在美麗的城堡裏面，然而，公主有日發現美麗的城堡規限處處，她想選擇自己想要的，不知道媽媽能否減少規限，以至放手讓她走出城堡。

人人希望美好事物永遠不變，「**小博士的大考驗**」裏的主角並不例外，小博士期望祖母永遠不會老，心愛的狗狗洛奇一直在他身旁，可是，他終於發現世事不可能不變，正如他最愛的星空一樣，閃爍的星光是千萬年前已經爆炸的星球，星體早已消失。

有時候，我們跟小薇一樣懷疑自己不夠好，有時跟哈比一樣為夢想猶豫，有時跟公主一樣渴想擁有更多自由，有時跟小博士一樣以為別人變壞，沒想過變的是自己。

成長就是轉變，我們總會遇上大大小小的煩惱，期望《告別成長的煩惱》系列能夠陪伴大家健康快樂成長。只要懂得面對和解決困難，煩惱是短暫的，快樂才是我們的人生追求。

第一章

過度活躍的同學

小學六年班不大可能有插班生，然而，不大可能的意思正正是有可能。袁小博最喜歡計算或然率，或然率是99%不可能的話，代表仍有1%是可能的。

暑假回來以後，學校出現或然率的1%，竟然有個插班生來到小六班房。

新學期開始，班主任會在第一堂編座位表的。大家知道隨機坐下後，老師會依學生的身高調配前後座位，有時會將喜歡說話的學生跟沉默的學生坐在一起，有時安排成績好的跟成績差的坐在隔鄰，期望學生互相幫助。

袁小博早已明白班主任安排座位的規律，他期望跟好同學司徒克坐在隔鄰，好讓最後一年小學生活過得更愉快。

由幼稚園升讀小學，袁小博第一個認識的同學是司徒克，他們是鄰座同學。

初上小學，袁小博覺得難以適應，尤其是小息的時間比幼稚園的少。有次趕不及上廁所，在廁所門外尿濕褲子，他害怕被人知道，站在那兒不知所措。司徒克正好去廁所，問呆站那兒的袁小博：「你站在這兒做什麼？」

袁小博想哭，不知怎樣回答，只管望向地上。

司徒克看見同學尿濕褲子，說：「我有後備校褲呀。」

袁小博瞪大眼睛望向他，司徒克跑回班房，從書包拿出乾淨的校褲，再跑去廁所給他替換。

他們就這樣由小一開始成為好朋友。

多年後，袁小博問司徒克為什麼在書包有後備校褲，司徒克低下頭來，滿是尷尬說：「幼稚園……讀幼稚園……」

「啊，你讀幼稚園的時候經常尿濕褲子，所以，你的媽媽給你後備校褲放在書包。」袁小博流利說。

司徒克輕輕點頭，沒有說話。

袁小博跟司徒克成為好朋友後，不時拿祖母自製的零食芝麻糕給他吃，司徒克吃罷，總會瞇起眼睛說：「非常美味，還有嗎？」

袁小博說：「有呀。」

兩個好朋友由小一開始坐在鄰近座位，每年升班，他們都刻意坐在一起，即使老師調位，袁小博都會想個理由給老師，例如幫助司徒克溫習讓他進步，他跟新一年的班主任說大家坐在隔鄰方便溫書，他可以教司徒克功課，讓他學業都進步。

由於袁小博每年考全班第一以至全級第一，司徒克的成績也有進步，所以，每年的班主任都讓他們坐在隔鄰。

小學四年班的時候，袁小博長高多了，但司徒克仍是小二的身高，同學稱司徒克為哈比，可見他較同齡男孩矮小。同學稱袁小博為小博士，也反映袁小博的成績優異。

由小四開始，哈比總是坐在最接近老師的第一

排，袁小博由坐第三排變到第四排，座位距離越來越遠，他希望小六可以跟哈比坐得接近一點。他研究過同學看黑板的視線後，跟哈比坐在近窗的第一排，就算袁小博比較高，都不會遮擋後排同學的視線。

開學第一天，小博士和哈比約定一起提早上課，走進課室後，兩人選靠窗的第一排並排而坐。同學陸續走到課室，周仲君坐在袁小博後面，郭志明坐在周仲君隔鄰後面，由小一開始熟絡的女同學龔盈盈和秦美儀雙雙坐在另一行後排，大家在上課前可以輕易閒談説笑，個個都希望班主任調動不大，尤其是小博士，他最希望小六可以跟最好的朋友坐在一起。

上課鐘聲響起，班主任帶同一個高大的男生走進來，全班愕然，有些同學低聲交談。

班主任站在黑板前，示意同學靜下來後，清清喉嚨説：「同學靜一靜，這學年有個新同學陳欲靜，大家好好照顧他呀。」

全班同學笑起來，因為新同學像高中學生似的，看來比全班最高的謝穗華還要高一個頭，大家心想怎可能照顧這樣的新同學呢？

「同學靜一靜！」班主任大聲說：「你們是資優班，個個讀書聰明記性好，希望可以幫助陳欲靜同學完成小學課程。」

新同學站了一陣子，開始流露不耐煩的神情，班主任隨即說：「司徒克轉去坐第三行第一個位，即是程俊明現在坐的位置。程俊明轉去坐第四行第三個位，陳欲靜去司徒克原本的座位坐下。」

哈比跟小博互望一眼，拿起書包去老師指定的座位坐下，原本坐在那兒的程俊明轉去原先的空位，陳欲靜就坐在袁小博鄰座，坐下來都比小博高大許多，小博有點不習慣。

「老師，我看不到黑板了。」周仲君舉手說。

「你跟謝穗華調位。」班主任說。

「新同學全班最高，應該坐最後一排啊。」袁小博舉手說。

「他要坐第一排，所以，你可以保持坐第一排，感到視線受阻的同學現在可以調位。」班主任說。

謝穗華依照老師指示坐在陳欲靜後面，周仲君坐在謝穗華原本的座位後，看見其他同學都不願調位，不知多喜歡坐在有新同學遮擋老師視線的座位上。

「老師，我想跟司徒克鄰座的林意調換位置。」袁小博說。

「袁小博，你功課最好，幫幫新同學。」班主任說，然後望向陳欲靜說：「陳欲靜，你有不明白的功課，可以問同學，尤其是袁小博，同學都樂意幫你的。」

「老師，我想坐在司徒克隔鄰。」小博士說。

「新學期認識新朋友吧。」班主任笑說。

「老師，」符賢樂舉手問：「新同學名字的意思是玉樹臨風嗎？」

全班大笑起來，老師搖頭微笑，在黑板寫下陳欲靜三個字，說：「他的名字來自古人所說的『樹欲靜而風不息，子欲養而親不在』，相信為他改名的長輩希望他孝順父母，提醒他人生有許多無法控制的事。」

「老師，我不明白呀。」張美妮說。

「現在不明白不要緊，我們可以用一年時間追尋答案。要是學期尾還不明白，我可以在這兒跟大家解釋，不過，相信你們很快明白，不用我說的。大家坐好，現在整理座位表。」班主任說。

袁小博感到書桌和椅子震動起來，發現陳欲靜不斷郁動，不耐煩的表情越來越明顯，然後大叫，全班同學嚇了一跳，有些女同學還驚呼起來。

「大家靜一靜。」班主任說：「校長要我告訴你們，陳同學有專注力不足及過度活躍症，英文簡稱ADHD，因為這個問題，他曾留班和轉校多次，希望同學理解他和幫助他。」

「我可以調位嗎？」袁小博舉手問。

「為什麼？」班主任問。

「我覺得有點擠迫，他太高大，我……」袁小博想不到真正需要調位的理由。

「我知道同學稱你為小博士，小博士理應胸懷宇宙，擁有人文關懷和實事求是精神，相信你可以跟陳

同學相處愉快。」班主任笑說。

小博士不知什麼是人文關懷，只知道老師公開稱讚他，不好意思再提出調位。

陳欲靜再度尖叫起來，雖然第二次大叫不如第一次般嚇人一跳，但是，這樣的大叫還是令人討厭，同學無法專心聽老師說話。

班主任明白全班同學的疑惑，輕輕說：「陳同學的父親是校長的親人，近年患病，校長用盡方法讓他有機會讀書。陳同學不想專注力不足和過度活躍的，並非刻意破壞課室秩序，他的父母為他心力交瘁，嗯，大家知道心力交瘁的意思嗎？」

「是否心和力都不足？」小博士問。

「不是不足，是耗盡。他的父母耗盡心力照顧他，已經異常疲累。順帶一提，你們要孝順父母。校長在校董會努力游說下，才讓他有機會來這兒做插班生，如果我們不接受他，他未必可以完成小學課程。」

「他這樣嘈吵，我們無法上課啊。」符賢樂坐在座位說。

「校長答應校董會試行三個月，如果真的不可以，陳欲靜要走，他的母親是明白的。」班主任說：「他的專注力比你們低，耐性不及你們好，不過，智力跟你們一樣是資優的。」

龔盈盈舉手問：「如果三個月嘗試失敗，他要離開我們這班，走去鄰班嗎？」

「不是，他要離校的。」班主任說：「由於患病是私隱，希望同學別跟其他人說陳同學的情況。他是早期專注力不足及過度活躍症，不用服藥，我們盡力幫助他，如果不成……」

「不成會怎樣？」哈比問。

「我不知道。」班主任認真說：「他要離開的話，我就不知道他會怎樣，只希望他能夠在這兒完成小學課程，對他和他的家人來說都是好的。」

「老師，我可以幫助他的。」袁小博拍拍胸口說。

「謝謝你，小博士。」班主任笑說。

「我都可以呀！」

「我都是！」

「我會教他功課的。」

「我跟他做朋友！」

同學明白新同學的情況後，不斷有願意幫助陳欲靜的聲音在班房響起，班主任微微一笑，以手勢示意大家靜下來後，說：「大家要接納他一起上課並不容易，陳同學可能大叫或走來走去……」

「老師，是不是這樣到處跑呀？」周仲君指住在課室走來走去的陳欲靜說。

「陳欲靜，返回座位。」班主任說。

陳欲靜沒有理會，繼續在課室跑來跑去。

「如果他跟你們一樣可以坐在一起專心讀書，就不用留班和轉校。所以，在不影響同學上課的情況下，我們會讓他離座，但不能走出班房，希望同學能夠理解，自己專注上課，我們一起幫助他。」班主任說。

小博士聽罷，反問自己是否太早答應照顧遠比他高大的新同學呢？在他心目中，理應是大人照顧小孩，他沒必要照顧一個要抬起頭才可看清對方樣子的人。

「明天會選班長和行長……」班主任還未說完，陳欲靜已經搶住說：「好呀！好呀！」

隔了一行的符賢樂低聲問袁小博：「他是否智障的？」

「老師剛剛說他是資優，智商可以比你高，不過……」

「袁小博，符賢樂，你們說什麼？」

袁小博站起來說：「符賢樂問我陳欲靜是否低能的……」

全班大笑起來，袁小博看見陳欲靜聽到自己的姓名，呆了一呆，連忙說：「不是，陳欲靜不是低能，嗯，不是說低能，符賢樂問他是否智障……」

大部分學生笑起來，袁小博有點尷尬說：「對不起，我想說陳欲靜不是智障，電視特輯說，有些ADHD兒童智商特別高的。」袁小博說。

「你記得傳媒報道嗎？」班主任問。

袁小博點點頭。

「小博士真是懂得的，陳欲靜的智商也許跟你一般高。」班主任說。

小博知道老師讚賞他智商高，刻意稱他「小博士」而非「袁小博」，開心得笑起來。

下課鈴聲響起，班主任說：「第一天上課不要太緊張，希望同學今年相處愉快，這是你們最後一年小學生活啊。」

小息的時候，陳欲靜突然像沒有電的電子熊那樣伏在桌子上。

小博士推了推他，說：「我是袁小博，個個同學叫我小博士。你想去小食部嗎？我可以帶你去。」

大家都想跟新同學自我介紹，在新同學附近圍了一圈。大家看見小博士推他一下，沒料到他的反應極大，大力推向小博士，將小博士推跌在地上。

「你幹嗎推我？」陳欲靜大聲說。

身手敏捷的哈比即時扶起小博士，原本想拍陳欲靜的肩膀，不過，由於身高差距大，只能拍打他的腹部，跟他說：「老師要我們幫助你，但你不能欺負同學，你幹嗎打小博士？」

「他推我。」陳欲靜生氣道。

「是你不對，小博士只是叫喚你。」符賢樂說。

「他推我。」陳欲靜重複說。

「別吵了。」小博士說：「是我不對，我不應推他。陳欲靜同學，我們做好朋友，大家別吵了。」

既然小博士維護新同學，其他人無意繼續怪責他，秦美儀走近新同學身邊說：「大家是好同學，別為小事吵架。」

「你要去小食部的話，你說出來，我可以帶你去的，陳欲靜。」小博士說。

「別再叫我陳欲靜，我叫靜靜。」陳欲靜說。

幾個女生轉身偷偷笑起來，沒見過這樣高大的男生自稱「靜靜」。

哈比跟小博士對望一眼，兩人在陳欲靜面前大笑起來，其他同學看見他們大笑，放鬆心情跟他們一起

笑，女同學都不再偷偷地笑，連陳欲靜都在笑。

小博士隨即明白陳欲靜習慣模仿別人動作，如果有人拍打他，他無法分辨善意還是惡意的，只管用最大的力度還擊。要是大家在笑，他同樣不能分辨是否在取笑他，看見別人笑就笑。

小息很快過去，大家隨鐘聲返回座位。

小博士舉起右手想輕拍陳欲靜提醒他，隨即想到他的反應，右手停在半空，抬起頭說：「靜靜，上課了，我們要坐下的。」

在附近聽到的同學都忍不住笑，龔盈盈笑說：「我們要靜靜上課啊。」

秦美儀接口道：「靜靜上課，不要吵。」

周仲君說：「你們像熊貓的名字，盈盈和靜靜可以做好熊貓。噢，不是，我想說做好朋友。」

「你才是熊貓呀。」龔盈盈說。

陳欲靜不明白她們語帶相關的玩笑，望向小博士，小博士說：「我們先坐下，老師快到了。」

陳欲靜坐下來，不過，他很快不耐煩起來，坐在座位一陣子就忍不住走來走在，總是在上課中途站起來，走了幾圈以後，再坐下來。

由於全部教師和學生都知道他的情況，開學第一天無驚無險過去。只是吃午飯的時候，陳欲靜打翻飯盒，吵了一會兒，要派飯的義工姨姨協助他吃飯。

義工姨姨身材嬌小，陳欲靜站起來比姨姨更高，仍要姨姨幫他吃午飯，畫面有趣。

哈比跟小博士說：「我讀小一的時候，已經可以自己吃飯了。」

周仲君說：「別這樣說，他有病呀。」

「一時吃飯，一時跑來跑去的人，是你們的新同學嗎？」小五的徐薇一邊吃飯一邊問。

「嗯，他是陳欲靜，簡稱『靜靜』。」周仲君說。

徐薇正在吃飯，想到眼前的大個子竟然名為「靜靜」，忍不住笑起來，一口飯不偏不倚噴在哈比和小博士的臉上和身上。

兩人非常懊惱，哈比說：「你聽到『靜靜』兩字

就要笑到噴飯嗎？」

小博士一面用手帕抹去身上的飯粒，一面幽默地說：「我知道你不喜歡我們，也不用借意大笑用飯噴我們啊。」

「對不起，對不起。」徐薇連聲說：「我不是有心的，我無法將他和靜靜聯想起來，才會笑到噴飯。」

郭志明假裝認真說：「徐薇別說謊了，我可以做證，你是刻意的，你平日最討厭小博士，這次是刻意噴飯在他身上的。」

徐薇急得滿臉通紅，快要哭出來似的，小博士連忙說：「你別理會他。」

「我說真的。」郭志明依然裝作認真說。

「胖虎的專長是欺負人，你現在明白他為什麼有這樣的花名了，胖虎，你的笑話半點都不好笑。」哈比說。

徐薇終於明白哈比和小博士都沒有怪責她，感激道：「謝謝你們，哈比和小博士真好。」

哈比笑說：「你是我的體操隊友，我一定照顧你的。」

徐薇笑說：「謝謝你，我會努力練習，學你一樣，下次在公開賽拿獎牌的。」

「你學哈比練習體操參加比賽，不如學我去觀星啊。」小博士說。

「我好有興趣觀星，不過，媽媽不許我晚上出去的。」徐薇說。

「我和嫲嫲接送你，你的媽媽大可放心。」小博士說。

「你和嫲嫲來接送我，好讓我又去觀星。」郭志明模仿徐薇的語氣湊近小博士說。

「你好嘔心啊。」小博士推開他說。

「小博士只對女生好，對男生不一樣。」周仲君說。

「我對個個都好。」小博士說。

「我可以證明小博士對個個都好。」哈比說。

徐薇笑說：「小博士真是好人，我回家問媽媽能

否參加觀星會。」

「好啊，嫲嫲陪我去觀星的，我們可以接你出去和送你回家的。」小博士說。

「你的嫲嫲觀星嗎？」徐薇問。

「嫲嫲最喜歡觀星，我從小聽嫲嫲說星座神話，有許多故事呀，下次一起看星星的話，我一一告訴你們。」小博士說。

「你喜歡神話嗎？你不是喜歡看兒童科普書研究黑洞嗎？」哈比說。

「嫲嫲說，太空有科學一面，也有浪漫一面，她最喜歡跟我說星座神話的。」小博士說。

「我的嫲嫲都喜歡說故事。」徐薇說，隨即低下頭，以低不可聞的聲線說：「可惜，嫲嫲沒有跟我們一起搬來這個城市，很久沒有見嫲嫲了。」

「我知道跟親人分開的感覺，幸好，我寫信給作家關老師，她教我親人分開不用不開心，我們的心在一起就可以。她寫蘇東坡的詞，好像是但願……嗯，但願……」

「但願人長久，千里共嬋娟。」小博士說。

「對，是這兩句，你怎知道？」哈比問。

「我智商多少？你智商多少？你怎會明白聰明人的腦袋？」小博士反問。

「這樣說不是太驕傲嗎？」徐薇替哈比不值，帶點生氣問。

「我們是好朋友，我知道小博士開玩笑。」哈比笑說。

「我們是這樣說笑的，那首詞是蘇東坡掛念他的弟弟，想到無論相隔多遠，他們同看一個月亮，一齊觀星啊。」小博士說。

「有月亮嗎？」郭志明問：「不是跟一個叫『嬋娟』的女人一起嗎？」

「那首詞的『嬋娟』即是月亮啊，關老師解釋得很清楚。」哈比說。

徐薇同樣有寫信問作家意見，現在知道哈比和她一樣寫信給同一位作家，心裏暗自高興，原來有困難請教作家的朋友並不少，但她沒有膽量跟大家說她曾

寫信給關老師。

「哈比寫信問作家，我又寫。」小博士說。

「你日日那麼開心，有什麼問題呢？」周仲君問。

「我問作家如何跟過度活躍症的同學相處，問題比哈比的更重要。」小博士說。

「好呀，看看她多久才回信給你，告訴我們她怎樣回答你啊。」哈比說。

「她一定很快回信給我，到時在班房宣讀。」小博士滿是自信道。

放學後，小博士和哈比一起走路回家，沿途談及寫信給作家的事。

小博士回到家中，看見心愛的金毛尋回犬洛奇已經走到門口等他，不停擺尾，以示歡迎他回來，小博士抱住洛奇，跟牠說了幾句話，洛奇回吠幾聲，非常明白小博士似的。

跟洛奇閒聊一會後，小博士看見嫲嫲已將自製的下午茶糕點放在餐桌，歡呼一聲，拿起糕點邊吃邊說：「嫲嫲，今日有個新同學坐在我隔鄰，不過，他有病的。」

洛奇在小博士腳邊團團轉，想吃糕點，但不成，因為人類吃的東西可能損害狗的健康，袁家只餵洛奇狗糧，不許牠吃其他食物。

「新同學有什麼病？」祖母緊張問：「會傳染嗎？」

「不會傳染的，他只是有專注力不足和過度活躍症。」小博士說。

「嗯，他讀書一定很辛苦，可以的話，幫幫同學。」祖母說。

「老師都是這樣說，我會幫他的。」小博士問：「你怎知道他辛苦呢？嫲嫲知道這個病嗎？」

「嫲嫲的年代沒有這樣的病名。」祖母說：「不過，嫲嫲讀小學的時候，有個男同學無法坐定聽書，說話無禮貌，有時會動手打人，老師和同學都不喜歡他，他讀到小學三年班就沒有讀下去。」

「不用讀小四嗎？」

「不用，那時沒有強制性的免費教育，許多小學同學未畢業就留在家裏幫忙，或者做童工賺錢養家。」

「你的同學可能是過度活躍症呀。」小博士咬一口芝麻糕說。

「大概是。」祖母說：「當年沒有人知道，只是責罵他頑劣。所以，有醫學常識很重要的。」

「我會看許多許多書，不但要看科學常識的，還要看醫學常識的。」小博士笑說。

「你的小腦袋記得那麼多知識嗎？」

「我是資優兒童小博士，當然記得看過的書和學過的知識。」

「你是我的小乖孫，不是小博士。」祖母說。

「嫲嫲，我是你的乖孫，同時是小博士啊。」小博士嘟嘴說。

「這樣的稱號很易令人驕傲，別人這樣說沒有所謂，你不要自稱小博士，自我介紹的時候，可以說你是袁小博，或者說你是嫲嫲的乖孫，或是父母的好孩

子，不要跟人說你是小博士啊。」

「知道了。」小博士說。

小博士在客廳書架找到關麗珊的小說，看見嫲嫲走進廚房準備晚餐，決定用下午的空檔寫信給她。

親愛的關老師：

你好嗎？

我是你的讀者，哈比是我的好朋友，他說每次有想不通的問題，就會寫信給你，你會解答他的問題，他每次收到你的回信都很高興。現在，我有個問題，希望你給我意見。

學校來了一個新同學，他有專注力不足和過度活躍症，老師要我們幫助他，他坐在我旁邊，我要怎樣幫助他呢？

他第一日上課就走來走去，我輕輕拍他一下，他大力打我，我們怎樣才可以做朋友呢？

最後，你的書很好看，希望你快點回信。

祝

安康

袁小博上

小博士寫好信封，放在準備寄信的位置，由於爺爺是海員，袁家經常有書信往來，有個特定位置放準備寄出和剛剛收到的信。

洛奇見小博士放好信後，走去跟他玩耍。小博士沒有兄弟姊妹，只有洛奇陪伴他成長，他一早視洛奇為兄弟，抱住洛奇的感覺最是安心。

作家的回信比想像中快，有天放學回家跟洛奇玩耍時，嫲嫲拿信問小博士：「有人寫信給你，現在還有人寫信嗎？」

小博士看了看回郵地址，說：「有呀，我寫信給作家問她問題。」

「你爺爺讀小學時都有寫信給作家，你真是我們的乖孫，隔代遺傳啊。」嫲嫲將小博士抱入懷裏說。

「爺爺看書嗎？」小博士問。

「你爺爺從小喜歡閱讀啊，你跟爺爺真是相似，不過，你可不要隔代遺傳他的牛脾氣。」

「什麼是牛脾氣？」

「我的媽媽即是你的太婆說他『牛精』，經常發脾氣，有時大吵大鬧，要人遷就他。」嫲嫲笑說：「你爺爺原本有一百分，因為脾氣太差，從小到大都沒有朋友，扣了四十分，只得六十分，僅僅合格。」

「牛脾氣就會無朋友嗎？」小博士驚訝問。

「誰喜歡跟隨時發脾氣的人做朋友呢？」祖母笑說。

「嫲嫲，你怎會嫁給他？」

「緣分啊，你的爺爺還有六十分，況且，他從來不會向我發脾氣的。」

小博士點點頭，不代表明白嫲嫲和爺爺的感情，點頭是不想聽下去。即使嫲嫲仍想說下去，他已經沒有耐性繼續聽，轉過身來拆信，沒有理會仍想跟他説話的嫲嫲。

親愛的小博：

你好嗎？

讀者通常寫信問自己的事情，很少問如何跟別人相處，可見你心地善良。

我們要跟專注力不足和過度活躍症的人做朋友前，先要理解他們並非頑皮，他們只是無法安靜參與遊戲和活動，經常處於活躍狀態，所以稱為過度活躍症。你跟他說話，他會急速回應，說話衝動，有時傷害別人也不自知。所以，你要體諒同學的狀況，感到被他語言冒犯的話，不必急於反駁或吵架，安靜一會，讓大家冷靜下來。

專注力不足和過度活躍的同學偶爾會破壞秩

序，聽到問題搶先回答，不耐煩排隊，不時中斷或干擾同學討論或遊戲，看來有點討厭，但他們並非刻意破壞的，你們提醒這樣的同學保持耐性就是。必須留意的是，別隨意觸碰同學，他們會重重還手，大家因為誤會而打架就不太好了。

由於專注力不足，他們較難集中精神聽書，影響成績，你可以教他做功課，跟他一起溫習。切勿輕率排擠同學，他或會犯錯，很易被孤立，你讓他知道你會為他設想，願意跟他做朋友，給他一點時間，他自然明白的。

希望你們可以做好朋友，如同你和哈比的友誼。

祝

學業進步

關麗珊

小博士將回信拿回學校，小息時在班上朗讀出來，陳欲靜走來走去，沒有認真聽，其他同學開始明白事情沒有想像中容易。

「關老師記得我呀。」哈比笑說。

「我遲點跟靜靜做好朋友，不和你玩了。」小博士說。

「你只有我這樣的好朋友，靜靜才不會像我那樣忍受你。」哈比說。

「我忍受你才是。」小博士笑說。

「事實是我們忍受你們兩個呀！」四周的同學一齊說，好像綵排多次那樣齊心。

第二章

一閃一閃小星星

人人有人生第一首熟悉的歌曲，不過，大部分人都已忘記，或一下子難以想起來。

袁小博相信自己記得第一首留在腦海的歌曲，經常跟朋友談及他第一首記得和愛上的歌，就是祖母最喜歡跟他唱的安眠曲，有時唱中文，有時唱英文，他比較喜歡英文版本。

每次哼起這首歌，總讓他感到跟祖母在一起，就算祖母不在身邊，小博士依然感到無論何時何地，祖母都在他的附近。

Twinkle, twinkle, little star,

How I wonder what you are!

Up above the world so high,

Like a diamond in the sky.

Twinkle, twinkle, little star,

How I wonder what you are!

祖父由青年開始做海員，祖母説是「行船」。小博士從小聽祖母説，祖父退休後，會跟她雙雙環遊世界，所有祖父行船去過的地方，他都會帶同祖母同遊一次。

祖母跟他們一家三口同住，祖父每年回來兩次，每次都給小博士新奇玩意，然後，小住一陣子又出門了。

父母和親友給小博士不少玩具，單是汽車模型和遙控車已經有數十輛，款款不同。小博士很喜歡收禮物，他覺得拆禮物最開心，拿出不同顏色和功能的玩具總有剎那驚喜，有時會開心三日，有時開心一星期，然後，新玩具變成舊玩具，放在玩具箱後，沒多久就忘記曾經喜愛的玩具。

在眾多禮物之中，他覺得百看不厭的是祖父從外

國帶回來的兒童顯微鏡和兒童天文望遠鏡，那是將實驗室和天文館的顯微鏡和望遠鏡縮細，儘管放大倍數有限，仍足以讓兒童看見平日看不見的世界。

小博士記得，第一次拿兒童顯微鏡讓同學看樹葉後，大家開始稱他小博士的，所以，他特別喜歡祖父送的禮物。

由於父母都要上班，沒有聘用工人姐姐，媽媽曾辭職留在家中，沒多久又上班工作。大部分時間由祖母做家務和照顧小博，小博士最喜歡聽祖母説故事。

小博記得第一天上幼兒班的時候，祖母送他到學校後，準備將他留在那兒。他看見四周都是不認識的人，處處地方都是陌生的，感到害怕，雙手緊緊抓住祖母的長褲一角，不讓她離開。

祖母蹲下來，溫柔地唱：「一閃一閃小星星，一顆一顆亮晶晶，袁小博是好孩子，不可哭鬧笑壞人。」

祖母唱來並非字字配合旋律，正正因為音韻不夾，聽起來特別好笑。小博士聽到熟悉的歌曲有自己的名字，呆了一呆，忘記哭鬧，靜靜地聽祖母唱歌。

「別再哭了，同學笑你的，你看，個個都聽到袁小博是好孩子啊。」祖母輕輕説。

小博不大明白，看見祖母的笑臉，緊緊抱住她説：「你不要走，不准走啊。」

「袁小博是好孩子啊，乖乖留在這兒，很快有茶點吃，嫲嫲在門外等候，很快回來接你回家。」祖母笑説。

小博的第一天上學的記憶總是到此為止，因為再想下去，就是尿濕褲子的片段，連祖母都記得他首次上學就尿濕褲子兩次。幼兒班清潔阿姐替他更換放在書包的後備褲子後，他再度尿濕褲子，只好借用學校的短褲給他換上回家，據説小博士是第一個讀上午班尿濕兩次褲子的孩子，破了幼兒園的學生紀錄。

每當遇上不快的事情，小博士總是想起祖母跟他説故事的快樂時光，他很喜歡讀小學之前，祖母每晚都跟他説睡前故事或唱歌哄他睡覺，待他入睡後，祖母才返回自己的房間睡覺。

小博士喜歡留在家裏，升讀小學後，開始喜歡上學，因為上課讓他學識許多新知識，學校圖書館的書多到看不完。由小一開始認識的同學大多可以做好朋友，尤其是司徒克，即使許多人取笑他身形矮小，活像小說和電影的哈比人一樣，稱他為哈比，他一樣笑嘻嘻的，小博喜歡跟哈比談天說地，覺得有這樣的朋友真好。

校園生活實在有趣，不過，即使將校園所有開心的事情加起來，依然不及讓他最開心的一件事，那是升讀小四後，他可以參加全城唯一的小學觀星會，跟不同小學的學生一起觀星，讓他置身美麗的新世界。

每次參加觀星活動，小博士都帶備他的兒童天文望遠鏡前往觀星。

這次的活動地點是天文觀星館，大部分會員由父母或工人姐姐陪同前往，只有小博由祖母陪同到達，兩婆孫還接送新加入的徐薇一起觀星。

大家來到天文觀星館天台，館方有專業的天文望遠鏡，在天朗氣清的日子，可以看見不同的太陽系的行星。

哈比對觀星興趣不大，只是樂意陪同好朋友一起參加觀星會。徐薇對所有東西都好奇，但不敢發問，只是默默觀察。

小博士為免哈比和徐薇感到沉悶，透過天文望遠鏡發現大熊星座後，連忙讓給哈比看。

哈比看罷，聳聳肩說：「不過是一堆星。」

小博士讓徐薇看他的兒童天文望遠鏡，徐薇哇了一聲，然後說：「很美麗啊。」

小博說：「星空真是美麗的，你們知道星座的故事後，看起來就會覺得更美麗，知道每顆星都不同的。」

「顆顆星差不多啦，小博士。」哈比說。

「不同的，顆顆星都不同的。嫲嫲說過，大熊座的大熊原是希臘神話的美女，跟天神宙斯生了一個兒子。宙斯的妻子非常生氣，將美女變成黑熊。」小博說。

「黑熊？」哈比問：「為什麼不是灰熊或啡熊，

或者像小熊維尼那樣黃色的呢？」

「嫲嫲說是黑熊就是黑熊，嫲嫲總在我睡前說故事，睡醒忘記一大半，但我記得是黑熊。」小博士認真想了好一會，說：「總之是黑熊，美女變成黑熊後，只能躲在森林生活，跟兒子分開。」

「噢，媽媽跟兒子分開嗎？」哈比緊張起來追問：「她的兒子很可憐，後來怎樣？」

「她怎麼辦？」徐薇追問。

「哈比總是岔開主線的。」小博士佯裝生氣道：「你要靜靜聽故事呀，嫲嫲經常這樣提我安靜的。」

「像陳欲靜那樣靜靜嗎？」哈比模仿陳欲靜不耐煩的表情說。

「你的爛笑話很爛呀，我們不應取笑同學的。」小博沒好氣說。

哈比笑說：「快點說，我想知道黑熊後來怎樣？」

「變成黑熊的美女的兒子長大後，成為獵人，有一日，在森林看見很大隻黑熊，即是他的媽媽。他的媽媽看見兒子長大了，十分高興，張開雙手想抱他，但忘記自己變成大黑熊，她的兒子正要將對準她心臟的箭射出……」

「呀！」徐薇嚇得大叫起來。

「呀！太殘忍了！」哈比驚呼，附近的小學生和導師都望過來。

導師遠遠問：「什麼事？」

「沒什麼，我跟他們講故事。」小博士略帶尷尬回應。

「不要太大聲呀。」導師説。

「對不起，我們會靜靜地聽故事的。」哈比説，然後轉頭跟小博士扮個鬼臉。

徐薇問：「她知道危險嗎？她避得開嗎？」

「應該避不到的，不過，天神看見他的兒子快要傷害母親，連忙捲起一陣風，將兒子變成小熊，跟大熊一起飛到天上，從此變成大熊星座，母親和兒子永遠在一起。」小博士説。

「真的嗎？」哈比問。

「真是這樣嗎？」徐薇問。

「真的，嫲嫲說的都是真的。」小博士認真說。

哈比借用小博士自備的兒童天文望遠鏡，看見大熊星座的星星閃閃發亮，但無法想像為一隻大熊和一隻小熊。

「我怎樣看都是一顆顆星，沒有熊呀。」哈比說。

徐薇再看一次，輕輕說：「大顆和光亮的是媽媽大熊，細細粒的星星是小熊嗎？」

「你們要用想像力，徐薇看見的差不多了。」小博士緊張說：「哈比，運用想像力呀！」

「袁小博，你們閒談要細聲一點，別影響他人觀星啊。」導師在不遠處說。

哈比壓低聲音問：「怎樣想像？」

小博士用手比劃說：「你將這幾顆星用想像的線連繫起來，就會看見大熊和小熊一起了。」

「我看見了。」徐薇開心道。

「我可以想像媽媽和我永遠一起，好像大熊座嗎？」哈比問。

「當然可以，不過，我再問嫲嫲才回答你。」小博士說。

「你為什麼要問？你說可以就是。」哈比有點不高興說：「反正是想像。」

「科學精神是大膽假設小心求證，我要問嫲嫲來印證我的想法，大熊座的大熊和小熊永遠在那兒，我不知道你沒有星座，單憑想像能否跟媽媽一起。」小博士認真道。

「我可以想像我和爸爸媽媽三個永遠一起嗎？」徐薇問。

「我問問嫲嫲才回答。」小博士認真說。

徐薇和哈比一起點點頭，他們總是認同小博士的說話，袁小博是大家心目中的小博士，他們不會質疑他的說法。

徐薇第一次觀星，開心得不得了，跟送她回家的小博和嫲嫲鞠躬道謝。

嫲嫲笑說：「別客氣，觀星開心就好了。」

「謝謝你們，我很喜歡大熊座的故事啊。」

嫲嫲輕撫徐薇的頭髮說：「真是乖巧的女孩子，有空多和小博一起玩啊。」

徐薇點點頭，然後返回家中。

小博士和嫲嫲散步回家，小博士問：「哈比問他可否將大熊星座想像為他和媽媽永遠在一起？」

「想像是想像，只要不傷害自己和別人，怎樣想像都可以。」祖母微笑說。

「嫲嫲，想像是無形的，怎可能傷害自己和別人呢？」小博士不解問。

「簡單來說，整天想像自己是世界上最厲害的大英雄很易變成妄想，妄想太多會影響現實生活，變成傷害自己甚至傷害別人，另一方面，想像別人是怪物也不太好吧。」祖母溫柔道。

「我想像嫲嫲跟我永遠在一起呢？」小博士問。

祖母但笑不語，輕輕唱她的催眠曲：「一閃一閃小星星，一顆一顆亮晶晶……」

「嫲嫲，我讀小六啦，不用聽安眠曲睡覺了。」

小博士想了想補充：「況且，我們還在街上，未到睡覺時間啊。」

「這就是了。」祖母笑說：「所有事情都會改變，時間和環境會變呀，乖孫，世上沒有永遠不變的事。」

「我不大明白。」

祖母說：「太輕易知道答案的話，你會記不牢的，留待你自己找尋答案吧。」

「不，我不要答案，我要永遠和嫲嫲一起，我要永遠拖住嫲嫲的手。」小博士挽住祖母的手說。

「走快一點吧，嫲嫲要回家睡覺，你會有天唱歌哄嫲嫲睡覺嗎？」

小博笑起來，驀然明白變化的意思。

「嫲嫲，你記得我的新同學陳欲靜嗎？」

「記得，你別以為嫲嫲有老人癡呆症呀。」

「嫲嫲，你不會有老人癡呆症的。」

「你怎肯定？」

「因為現在改名為腦退化症，你只會有腦退化

症。」小博士說。

「你笑嫲嫲腦退化嗎？總之，我記得你有個新同學陳欲靜。」

「老師說，陳欲靜的意思是『樹欲靜而風不息，子欲養而親不在』。同學問什麼意思，老師要我們自己找答案。」小博士想了想說：「嫲嫲，『欲靜』的意思是不是我們想的和得到的不同？」

「嫲嫲沒有想過這樣，只知這兩句提醒人孝順父母，以免愛得太遲。」

「嫲嫲，我會孝順父母，又會孝順你和爺爺，再孝順公公和婆婆，我全部都孝順。」

「小博好乖，嫲嫲最疼愛你。」

「嫲嫲，你不要老呀。」

「你會長大，嫲嫲會老，這是最自然的變化。」

小博士沒有回答，他不喜歡變化，但生活總是有變化的。

兩星期後，祖父工作的船埋岸，他可以回家休息一個月，等候下一次船期。

祖父送外國買的新型號兒童天文望遠鏡給小博士，讓他開心一整天。

小博士一邊把玩新的天文望遠鏡一邊問：「爺爺，你為什麼喜歡行船？」

「爺爺讀書少，當年你太爺問我想做『三行』抑或行船，我選擇行船。」

「什麼是『三行』？」

「做建築地盤工友、水電和泥水之類的工作，爺爺都不大肯定。」

「怎會不肯定？」小博士問。

「我說過我讀得書少，還要問什麼？」祖父突然發脾氣，嚇得小博士呆住了。

祖父看見小博士受驚的樣子，深深吸一口氣，心平氣和說：「爺爺懂得解釋的話，我就去做教書先生，不必行船做海員啦。」

小博士回過神來，問：「行船很辛苦嗎？」

「不算辛苦，只是沉悶。」

「行船做什麼的？」

「那麼大的貨船，自然要人清潔和維修，埋岸的時候，會幫大廚搬食材落船，還有許多瑣碎工作，要聽從船長和大副二副安排。」

「爺爺沒有升職嗎？」小博問。

「我都説我讀得書少，你還要問？」祖父拍了拍桌子喝罵小博士，小博士覺得心跳很快，有點害怕，想哭又不敢哭，不敢再望向祖父，連忙緊握他的天文望遠鏡回房。

關上房門後，小博士感到安全，隨即笑自己太緊張。祖父、祖母、外祖父、外祖母、爸爸和媽媽從未打罵他，即使犯錯，頂多要他罰站在客廳一角，或者不許和狗狗洛奇玩三日，小博士已經覺得很難受，自動自覺認錯改過，實在沒有理由怕爺爺的。

既然祖父從來沒有打罵小博士，小博士不得不問自己看見祖父發脾氣的時候，為何感到那麼害怕，即時想遠離祖父呢？

祖父在家暫住期間，祖母和父親都顯得高興，一家五口經常外出吃飯，小博士自然成為四個大人的焦點，個個都照顧他，給他最美味的食物，讓小博士胖了一個圈。

有天在茶樓吃點心，祖母給小博士蝦餃，祖父突然說：「你和阿仔都喜歡食蝦餃，一籠得四粒，別讓小博吃蝦餃，小孩子不用吃得太嘴刁。」

祖母溫和笑說：「我不吃，你們吃啦。」

小博士吃罷蝦餃，祖母又給他奶黃包。

祖父說：「你別寵壞他，你最喜歡食奶黃包的，別再給他，自己食。」

小博士的媽媽隨即說：「小博，別吃奶黃包，留給嫲嫲吃啊。」

「我喜歡食奶黃包呀。」小博士說。

「你竟然敢駁嘴！」祖父大聲說。

小博一驚，連忙將整碟奶黃包推給祖母，祖母笑罵祖父：「小孩子要多吃有營養的食物，我吃太多會發胖啊。」

「你寵壞兒子，現在又要寵壞孫兒，你呀，慈母多……」祖父想不起整句說話，祖母接住說：「我才

不是慈母多敗兒，你見兒子多好，工作又勤力，連媳婦都努力工作，小博讀書成績又好，你還想怎樣？」

小博士的爸爸說：「媽媽寵我才怪，以前常常要我讀書，以免讀得書少……」

祖父不喜歡聽到兒子提起「讀得書少」幾個字，狠狠瞪兒子一眼，小博士的爸爸隨即說：「這兒的蝦餃好食，我們多要一籠，讓媽媽吃兩件。」

小博士覺得祖父的脾氣越來越大，低聲問祖母：「你為什麼會嫁爺爺呢？只有六十分呀！」

「小博！」小博士的媽媽連忙喝止，然後轉向祖父那邊跟他說：「老爺別介意，我不懂得教導孩子，回家會再教導他的。」

祖父正想說話，祖母已握住他的手說：「我喜歡你的爺爺老實啊，當年的他不知多有型。」

祖父笑起來說：「現在依然有型呀，小博，什麼六十分呀！」

「對，好有型。小博，你說爺爺有型啦。」小博媽媽說。

「我覺得嫲嫲最漂亮，爺爺是六十分……」小博士還未說完，祖母已經緊握丈夫的手，另一隻手放在小博嘴上，示意他別說下去，然後，帶笑對丈夫說：「小博童言無忌，你別再向我的乖孫發脾氣呀。」

祖父像棉花糖般融化，連聲線都變得軟綿綿說：「我只有六十分是對的，你永遠是一百分呀。」

一家人大笑起來，小博士聽到祖父給祖母一百分，很是高興，祖母一直保持溫柔微笑，祖父不再發脾氣，父母暗地裏鬆一口氣，雙雙笑起來。五個人繼續吃喝，非常開心。

祖父逗留期間，祖母的笑容更多，每天跟祖父四處去。雖然小博士跟祖母相處的時間減少，但見祖母開心得臉上發光似的，小博士為祖母感到高興。

祖母每日會帶洛奇去公園一次或兩次，在祖父回來暫住期間，有時由小博士帶洛奇出外，有時是爸爸或媽媽有空帶洛奇去公園活動。

小博跟洛奇像兄弟似的一起長大，他很喜歡放學後可以帶洛奇去公園玩，有時晚飯後放狗，可以在公

園跟洛奇一起在草地看星，感覺最美妙，彷彿在星空下，他和洛奇共同享受美好時光，即使洛奇只懂汪汪汪吠叫，但小博相信洛奇明白星際浩瀚，他知道洛奇跟他一樣喜歡觀星。

在普通的星期三下午，小博士放學後，跟哈比一起回家，哈比說：「我最近要練習體操，又要做功課，下次不去觀星了。」

「觀星最重要呀，下次可以看見『人豬座』，像你的。」小博士說。

「有『人豬座』嗎？」

「沒有，是我想像出來的，『人豬座』像你一樣豬身人面。」

「你才是豬身人面呀。」哈比笑說，然後追打他。

小博士笑住跑開，兩人你追我逐，然後各自跑回家裏。

回家後，小博士覺得家裏出奇寧靜，洛奇沒有跑出來迎接他，在洛奇的狗屋也見不到牠，只好在家裏

四處喊：「洛奇，洛奇，我回來啦，你在哪兒？」

家裏沒有人，洛奇不知去了哪兒，小博心想，也許是祖父母帶洛奇去了公園。

他在客廳開始做功課，差不多做好所有功課後，才聽到開門聲，看見祖父母回家。小博士放下功課，跑到祖父母身旁找洛奇，仍見不到洛奇，卻見祖母雙眼通紅，祖父異常沉默，手持洛奇的狗帶，以為洛奇走失了。

「洛奇呢？在公園走失了嗎？」小博士問。

祖母回房，沒有回答。

祖父說：「別問了。」

「洛奇呢？牠走失了嗎？」小博士追問。

「我叫你別問！」祖父大聲說。

「洛奇呢？為什麼不見洛奇？你們帶牠去了哪兒？」小博士緊張問。

「不要問了，隻狗死了。」祖父說。

「你騙我，洛奇不會死的。」

「狗老了就會死。」祖父說。

「洛奇不老，牠比我大一點，好像十四歲而已。」

「成年狗的一歲等於人的七歲。」祖父說：「我小學未畢業都知道，你不會不知道吧！」

小博知道的，但他不願接受洛奇早已是一條老狗，在他心目中，洛奇永遠是他記憶中的小狗。小博士大聲說：「你騙我，洛奇不會老，洛奇不會死的。」

「爺爺不騙人的，洛奇肚瀉，我和你嫲嫲帶牠去看獸醫，但太遲了。」祖父歎一口氣說。

「你騙我，洛奇不會死的。」小博士發脾氣說。

祖父生氣起來，大喝一聲說：「嘿，你不相信我就不要信，你等洛奇回來吧！」

小博士大哭起來，祖母從房裏走出來哄他，抱住他說：「洛奇年紀大，讓牠安息好嗎？」

「嫲嫲，你帶洛奇回來，你一定可以的，嫲嫲，你什麼都做得到的。」小博士說。

「小博，你的同學都叫你小博士，個個讚你有科

學頭腦，你怎會跟嫲嫲說這樣的話呢？」

「嫲嫲，你騙我，洛奇沒有死，你告訴我洛奇沒有死呀！」小博士開始發脾氣，他明白洛奇是狗，十四歲的金毛尋回犬已經很老，但他拒絕相信洛奇會老，更加不願相信洛奇會死，只管在祖母懷裏撒野。

「袁小博，你別再吵鬧。」祖父生氣道。

小博士哭得更厲害，祖母溫柔道：「小博，你記得大熊星座嗎？」

小博士想了想，忘記繼續哭鬧，點點頭說：「記得。」

「洛奇的媽媽就像熊媽媽，牠在天上等候洛奇，現在，牠們團聚了。」

「牠們是大狗座嗎？」小博士問。

祖父母忍不住笑起來，祖母抱住小博說：「牠們沒有星座名稱，不過，只要你掛念洛奇，仰望夜空的時候，自然會看見洛奇的星星為你閃亮。」

「真的？」小博士問。

「真的，嫲嫲從來不騙乖孫的。」

「我可以用爺爺送給我的天文望遠鏡去看洛奇嗎？」

「可以。」祖母肯定說。

祖母用手帕為小博抹乾眼淚，說：「你洗臉後，回房睡一會，吃晚飯的時候叫醒你。」

「嗯。」小博士乖巧回房。

返回睡房後，他依然感到心痛，好像看見洛奇在他的房內走來走去，地上還有洛奇以前掉下來的金毛，然而，他知道洛奇不會回來的。

他相信祖母不會騙他，但覺得她說的不大合理，洛奇的媽媽會否在天上等牠呢？

小博士情緒混亂，看見書架的書，想到可以寫信給作家，決定寫信。

親愛的關老師：

你好嗎？

我是袁小博，你記得我嗎？我是哈比的好朋

友，不過，我今日很傷心，因為我最好的朋友洛奇死了。牠是一隻金毛尋回犬，聽媽媽說，在我出世之前，爸爸把牠撿回來養的。

我從小跟洛奇一起玩，洛奇喜歡伏在我身上陪我讀書，牠開心的時候會舔得我一臉口水。洛奇很乖的，帶牠去公園，牠會和朋友一起玩耍。洛奇十四歲，祖父母說牠很老，但我有個同學的狗狗十八歲。十八歲啊，牠不是比洛奇更老，更應該比洛奇先死嗎？同學的狗狗還沒有死，為什麼洛奇會死呢？

祖母說洛奇變成天上的星星，是真的嗎？洛奇真的會變成星星嗎？祖母會騙我嗎？

對於洛奇的死，我還有一個秘密，不知道應否告訴你的。我不知怎樣寫下去了，等你回信。

小博上

親愛的小博：

我不會騙你，你的祖母更加不會騙你。以狗來說，十四歲的狗是老狗，牠早已踏入晚年。不過，正如人有人瑞一樣，世上也有十八歲以後的「狗瑞」，可惜，洛奇無法成為「狗瑞」，牠只是順應自然，你不必為牠的離去太過傷心啊。

正如你的祖母所說。當你想念洛奇的時候，可以想像洛奇已經變成一顆明亮的星星，只要你望向天上繁星，自然看見洛奇的笑臉，狗的笑臉特別誇張，牠們總是在笑，洛奇會為你閃閃發光。

哈比寫信告訴我他最好的朋友是小博士，即是你，你別讓他知道洛奇是第一位，哈比在你心目中是第二位啊。（笑）

小博士理應有科學頭腦，不過，世上有些重要

的東西無法用科學實驗證明，例如信任。我們要信任親人和朋友，除非有證據顯示他們說謊，要不然，你別再問陌生人（即是作者我）你的祖母可會騙你，你沒有理由信任我比信任祖母更多。

最後，切勿告訴我任何秘密，我無法為人守秘密的。

祝

學業進步

關麗珊

第三章

祖母可否不會老

洛奇的離去，令小博士無法好好睡覺。

這跟小學一年班首次去旅行前一晚，小博士緊張到無法入睡不同，那次他生怕忘記帶水壺，起牀多次查看，不過，沒多久也就熟睡了。

這次是躺在牀上，腦海有許多東西在轉動。他從來是個快樂的孩子，讀書沒有壓力，考第一和得到獎項的光榮更會讓他開懷好一陣子。他的父母、祖父母和外祖父母都疼愛他，他喜歡上學，喜歡他的同學和朋友，喜歡他的狗狗洛奇，每天都是開開心心度過，好像在夢中都有笑聲。

小博士以為一輩子都是這樣快樂的，沒料到洛奇的離去讓他哭了又哭，還有無法說出來的內疚，他期望朋友能開解他時，最好的朋友哈比笑說：「別玩

了，連你都要訴苦的話，我們豈不是要分分秒秒大喊好辛苦呀！」

小博士不知道小學一年班跟小學六年班的轉變那麼大，他喜歡小時候清脆的聲音，但那聲音無聲無息地消失，現在的聲線沉厚多了，自己聽來好像陌生人說話，小博士感到他變成連自己都不認識的人。

躺在牀上不知多久，小博士將視線轉移到窗外的天空，只見夜空漆黑一片，沒有星星和月亮，他悄悄流淚，卻不知道為何傷感。

第二天上學，哈比在街上遠遠看見小博士，跑過來跳起拍他的肩膀，問：「吃了早餐沒有？」

「你幹嗎打我？」小博生氣道。

哈比一怔，稍稍定神後，以輕快的聲音笑說：「只不過輕輕一拍，別誇張，也許最近練單槓多了，臂力增加，你才會覺得我大力呀。」

「好笑嗎？」小博士反問。

哈比沒有再笑，跟小博士並排徒步回校。差不多走到學校門口的時候，哈比說：「吃了早餐沒有？我有三文治，可以一人一半，好美味的。」

「誰要吃你的三文治！」小博士冷冷說，然後加快速度返回課室。

哈比呆在原地，秦美儀剛巧經過問他：「還不上課室？快打鐘了。」

哈比聽罷，跟秦美儀一起走，低聲問：「你覺得呢？我想問，你會不會覺得小博士變了？」

「全班同學都看見呀，好像只有你沒留意他變了，繼續和他一起玩。」秦美儀說。

「是嗎？」哈比認真細想，這個星期吃午飯，周仲君和郭志明沒有跟小博士閒聊，徐薇如常沉默，只有他繼續逗小博士說話。

「小博士為什麼改變呢？」哈比問。

「誰知道？」秦美儀說：「快上課了。」

他們加快速度返回課室，只見陳欲靜在書桌四周跑來跑去，聽到上課鐘聲響起，連陳欲靜都走回自己的座位坐下，小博士卻站起來伸懶腰。

數學科老師踏入課室後，全班學生安靜下來，隨

班長口號同時起立、敬禮和坐下，只有陳欲靜跟同學的節奏不一樣，最終大家都坐下來了。

老師揚揚手上的數學測驗卷，笑說：「今日派卷，有三個同學一百分，五個同學不合格。考到一百分的同學不要自滿，不合格的同學繼續努力，很快會追上的。」

老師派卷後，陳欲靜突然大叫起來，同學以為他測驗零分。他拿着試卷跑圈，好奇的同學望向他手上的測驗試卷，不覺驚訝兼滴汗，因為大家看見他的試卷分數是一百分。

數學老師將測驗卷交給小博士時，輕輕說：「小息來教員室找我。」

小博以為今次測驗同樣是一百分，拿卷一看，卻見紅色原子筆寫上五十二分，六十分為合格，即是不合格。這是他讀書以來首次不合格的。他想哭，又怕同學取笑，忍不住大喊一聲，同學都呆住了。

數學老師笑說：「袁小博，別跟陳欲靜一樣突然大叫，我心血少，你們會嚇到我個心離一離的。」

全班學生聽到老師說笑後，不覺笑起來，只有小博士和陳欲靜沒有笑。

小息時，小博去教員室找老師。老師從教員室出來，跟他站在走廊說：「你知道為什麼不合格嗎？」

「知道。」小博說。

「你說，為什麼？」

「我在第一部分將第一題答案寫在第二題空格，第二題答案寫在第三題空格，以致全部答錯，這部分零分，第二部分全部答對都只有五十二分。」小博士低下頭說。

「你最近有不開心的事嗎？」老師問：「你不大這樣大意的。」

「有呀，洛奇死了。」小博士一邊說一邊流淚。

「洛奇是貓還是狗呢？」老師問。

「洛奇是金毛尋回犬，我一出世就跟牠一起，牠只有十四歲。」小博士說。

「你應該知道十四歲的金毛尋回犬已經很老，生老病死是自然的。」

「不是的，洛奇不會老，我每天看見牠都沒有老。」小博說。

「一加一等於幾多呢？」老師問。

「一加一等於二。」小博士說。

「你知道就好了。」老師笑說：「數字不會騙人，十四歲是老狗就是老狗，就算洛奇在你眼中是小狗，仍不能改變牠是老狗這個事實。」

小博士突然哭起來，老師安慰他說：「老師也養過小動物，我面對過三隻貓和兩隻狗離開了。」

「老師，我好害怕，我怕嫲嫲會老呀。」小博士說。

「先拿手帕擦乾眼淚，以免校長誤會老師弄喊你啊。」老師笑說。

小博士聽罷，忍不住笑起來，又哭又笑的，眼淚鼻水流得一臉都是。

「世界每分每秒都在轉變，你和父母和祖父母輩的年齡同時不斷增加，我們學會珍惜一切就是。」老師說。

「我不想變。」小博士搖頭說。

「快上課了，你想跟社工傾談嗎？」老師問。

「不用了。」小博士說。

「放鬆心情，下次測驗拿回你的一百分，老師知道你可以的。」

小博士點點頭，返回課室。

放學時，陳欲靜突然大聲跟小博士說：「謝謝你。」

「幹嗎多謝我？」小博士反問。

陳欲靜想說，從來沒有同學願意坐在他隔鄰那麼久，從來沒有同學教他做功課，他知道袁小博一直忍讓他，很是感謝，但不知怎樣表達，只管站起來走了。

小博士的不開心加多一項「首次不合格」，沒有心情理會陳欲靜，自顧自離開。

哈比想問他回家前可會一起吃雪糕，卻見小博士已經離開班房。

「不要理他了。」符賢樂說。

哈比望向他，等他說下去，符賢樂只是聳聳肩準備離開。

「小博士是我最好的朋友，我一定關心他的。」哈比站在符賢樂面前說。

「他變了。」符賢樂說：「我聽游水班的朋友說，小博士的脾氣越來越差，經常跟人吵架，但不知道吵什麼。」

「不會，小博士不會跟人吵架的。」哈比說。

「有啊。」剛巧執拾好書包的龔盈盈說：「我去學游水的時候，看見小博士跟游泳班的男生吵起來，好像是男生游水時在水中踢到他。」

「不會的，我跟小博士一起去泳池的時候，看見他和游泳班的同學有說有笑，你看錯人啊。」哈比對龔盈盈說。

「我怎會看錯呢？」龔盈盈說：「就算在學校小息，大家都看見小博士不時發脾氣。」

「對啊，我們都知道他的金毛尋回犬洛奇死了，明明跟我們無關，但他整天向我們發脾氣呀。」秦美

儀說。

周仲君離開課室的時候說：「我以前視小博士為好朋友，最近才知他嫌我智商低。」

「不會的。」哈比着急說。

「會呀。」郭志明走近說：「他經常說他智商多少，我們智商多少，好像說他的智商一百三十自然明白，我們智商低就不明白。」

「他真是說笑的，他對我也是這樣說。」哈比連忙說。

「你在他眼中同樣低智商啊。」周仲明說。

「他是說笑的，明顯說笑，大家都知道啊。」哈比說。

「以前可能說笑，現在肯定當我們低能的。」周仲君說。

「不是的。」哈比說。

「現在只有你肯跟他玩，祝你好運。」郭志明說。

同學一一離開班房後，哈比很是失落。他不相信小博士變壞，但個個同學都這樣説，加上小博士對他的態度越來越差，令他不得不面對小博士日漸改變這個事實。

小博士回家後，看見客廳有祖母自製的糕點，很是高興，連忙洗手吃茶點。

「嫲嫲，今日的芝麻糕很美味，馬拉糕都好好食呀。」小博開心道。

「喜歡吃都不能吃太多，以免等一下沒有胃口吃飯啊。」祖母説。

「嫲嫲，如果永遠都可以吃到你製造的糕點就好了。」小博説。

「沒有永遠的。」嫲嫲説：「你的爺爺快退休了，我們會四處遊玩，每個城市住幾個月，不能日日在這兒蒸糕了。」

「我要永遠跟嫲嫲一起，嫲嫲永遠跟我説故事，嫲嫲答應我不要老啊。」小博纏住嫲嫲説。

「你長大後，嫲嫲自然會老。」祖母説。

「我不要長大呀，嫲嫲不要老。」小博説。

「別說了，嫲嫲要煮晚飯，你快點做功課吧。」祖母說。

小博看見嫲嫲走進廚房後，如常地想跟洛奇玩一陣子才做功課，這才想起洛奇已經不在，爸爸將牠的狗屋和用品都扔掉，看來這個家是有一段日子不會養狗的了。

小博很是失落，他不敢拿數學測驗卷給爸爸簽名，煩惱得不得了，這才想起還有一個人可以請教她的意見，開始寫信。

親愛的關老師：

你好嗎？

我最近覺得不開心，好想發脾氣。陳欲靜有病就好了，他發脾氣，老師和同學都叫我包容他，但我發脾氣時，個個都說我討厭。

以前的同學和朋友叫我小博士，祖母說我不應自稱小博士的，因為這名稱有誇讚意思，祖母總是叫我不要驕傲。不過，現在游泳班的人都叫我「小魔怪」，我肯定不會自認「小魔怪」的。游泳班的李穎儀的媽媽說，以前有套電影名為《小魔怪》，小魔怪原本很可愛的，後來變壞，變成四出破壞的怪物。

李穎儀的媽媽說我原本很乖，現在變壞了，但我沒有變壞，我仍是小博士，只是無法忍受同學太愚蠢的話題。游泳班的人說話很無聊，我不想再跟他們玩了，游水就是游水，練習後就離開。

有一段時間，哈比和工人姐姐會在泳池游水，然後等我一起走的。不過，他的媽媽和哥哥將會回來探望他，他要做好功課，好讓媽媽高興，所以沒有跟我一起去游水，我覺得有點高興。他總是長不

高的，跟他走在一起，我覺得附近的人有異樣目光，我為什麼沒有漂亮有型的朋友呢？祖母喜歡祖父有型，我可以有些有型的朋友嗎？

我想祖母不要老，可以嗎？你可以教我怎樣做嗎？

祝

安康

小博上

寫信後已經接近食飯時間，小博士將信放在準備寄出的位置。

走進廚房，看見祖母忙得團團轉，給祖母一粒糖說：「嫲嫲，請你食的。」

「廚房多油煙，快出去客廳看書。」祖母將糖放入圍裙後，笑說：「謝謝啊，不過，晚飯前不要吃糖，壞胃口的。」

小博士站在廚房，不願離開。

「廚房細小，你快出去，別阻礙嫲嫲煮飯。」祖母說。

「嫲嫲，」小博士說：「如果有個小朋友一直考第一，不過，有次將第一題答案寫在第二題的答案空格，然後全部都寫錯了，這個小朋友該怎樣做呢？」

「以後小心一點就可以。」祖母背住小博士，一邊煎蛋一邊說。

「那個小朋友拿試卷給爸爸簽名時，會挨罵嗎？」

「不會，因為那個小朋友的爸爸是我的兒子，他不罵人的。」祖母沒好氣說。

「嫲嫲，你怎知是我？」

「嫲嫲智商比你高啊。」祖母笑說。

「嫲嫲，你會對智商低的朋友不耐煩嗎？」小博士問。

「不會，世上有許多人的智商比我和你都高，還要高很多，他們會對我們不耐煩嗎？」祖母說。

「如果他們看來很蠢呢？我跟他們一起玩，會顯得很蠢，不能有型嗎？」小博士問：「我看見游泳班的朋友很有型，同班的龔盈盈都有型啊，但我的朋友特別土氣，看來又特別蠢的。」

「因為你看來都土氣和愚蠢啊，哈比和胖虎沒有嫌棄你，你憑什麼嫌棄你的好朋友呢？」祖母說。

「嫲嫲呀，我想好有型，你明白嗎？」小博士開始發脾氣，祖母大喝一聲道：「出去，廚房是嫲嫲的天地，你別再跟我說無聊的話，讓我專心煮飯，以免像你測驗那樣犯低級錯誤。」

「嫲嫲……」

「別再嫲了，你的祖父行船，賺錢不多。你知道天文望遠鏡和顯微鏡售價多麼昂貴嗎？即使是兒童版本，價錢也不便宜。你的爺爺節衣縮食，不捨得為自己買新衫，將錢儲起給你買最好的天文望遠鏡，你懂得感恩嗎？」

「嫲嫲，我說同學土氣呀，你幹嗎說起爺爺呢？」

「你的爺爺夠土氣了沒有，但他是我心目中最好的男人，你再批評朋友的話，明天沒有下午茶糕點了。」祖母依然背住小博士說。

「他們真的不夠好呀。」小博士說。

「因為你不夠好，才覺得他們不夠好。」祖母依然背住他說：「跟任何人做朋友都不要在背後批評人，值得你背後批評的就絕交好了，別再做朋友。」

小博士從祖母的背影知道她有點生氣，連忙說：「我出去啦，嫲嫲別生氣，會出皺紋的。」

晚飯的時候，小博士的媽媽加班沒有一起吃飯，爸爸問祖母：「爸爸這次回家就退休嗎？」

祖母說：「你爸爸辛苦了大半生，現在退休都應該的。」

「你們在這兒住幾年才環遊世界吧。」爸爸說。

「越早出發越好，以免突然一老，走不動了。」祖母笑說。

「嫲嫲不會老的。」小博士說。

「別說傻話了。」祖母說。

「媽，你不會老的，就算我老，你都不會老。」爸爸說，逗得祖母和小博士笑起來。

「好期待去你爺爺去過的地方。」祖母笑說，開心得臉上發光似的。

「嫲嫲，我又去。」小博士說。

「你要上學呀，爸爸都無得去，待我們到了爺爺的年紀後才環遊世界吧。」爸爸說。

「我要跟嫲嫲去旅遊，不上學了。」小博士說。

「你越來越不聽話，是否跟朋友學壞？」爸爸說。

「他教壞朋友就會，誰會教壞他？」祖母笑說。

「嫲嫲，我是你的乖孫，哈比不是，可能哈比教壞我呢？」小博士說。

祖母微微一笑，沒有說話。

「小博，專心食飯，別再說話了。」

小博士的爸爸日漸發現兒子像他，做錯事總想推卸責任，他知道母親早已看見小博的轉變，只是沒有說出來。

晚飯後，小博士如常在客廳溫習，祖母說：「你有測驗卷要爸爸簽名吧？」

「嗯。」小博士不情不願地拿出五十二分的測驗卷，看見爸爸有點難以置信的樣子，連忙說：「一時大意。」

「被同學影響成績嗎？」爸爸問。

「有影響的，你們知道坐在我右邊的陳欲靜有專注力不足和過度活躍症，我現在有點像他，很難專心上課。」小博士說。

「過度活躍症會傳染嗎？」爸爸笑問。

「會啊，」祖母笑說：「推卸責任症更會遺傳的。」

「媽——」爸爸喊祖母一聲，祖母說：「你慢慢教導兒子，我回房休息。」

小博士的爸爸將他的數學卷看了又看，不知如何開始跟兒子談「驕兵必敗」。教養資優孩子並不容

易，因為驕傲是容易的，謙虛比自大困難得多。

小博士默默望向爸爸，見他沉思良久，準備聽爸爸很長很長的訓話。

「哎，好痛呀！」祖母在房裏喊起來，客廳裏的兩父子嚇了一跳。小博士的爸爸慌忙放下手上的測驗卷跑過去，小博士以為祖母跌倒，跟隨爸爸腳步一起跑，看見祖母躺在牀上說：「肚痛，肚腹劇痛，痛得很厲害，你們陪我去看醫生。」

小博看見祖母痛得全身冒汗，很是害怕，望向爸爸，看見他正用手機通話。

祖母在牀上痛苦呻吟，小博跑到爸爸那兒問：「怎麼辦？嫲嫲會死嗎？」

「嫲嫲不會死的，我召救護車來，嫲嫲痛到這樣子，要去醫院檢查的。」爸爸說。

「好痛，真是好痛。」祖母痛得不斷說。

小博和爸爸上前握住祖母的手，爸爸說：「救護車快到，忍耐一會。」

「你們扶我去廁所。」祖母突然說。

小博爸爸立刻抱她到廁所去，他們站在門外聽到祖母的嘔吐聲音，小博緊張得冒汗，但無法幫助，只希望救護員快點來到。

門鈴響起，小博士爸爸開門，陪同救護員到洗手間去，救護員將小博的祖母扶上救護牀，然後，全部人一起落樓。

小博士第一次乘搭救護車到醫院去，原本應該感到新奇有趣，但他掛念祖母的病情，沒有心情細看救護車設施，渴望快點到達醫院。

小博士的媽媽下班後直接趕到醫院去，她到達的時候，急症室醫生已經安排祖母住院，跟小博士的爸爸說：「初步診斷病人是急性腸胃炎，不用太緊張。不過，她說先前感冒。讓她住院一兩日，肯定身體內沒有感冒菌後，就可以回家休息。」

「為什麼會腸胃炎？」

「很難說，可能吃錯東西，或者感冒菌入腸，幸好情況並不嚴重，你們幫病人辦妥入院手續後，可以回家休息。」

小博士拖住媽媽的手，緊張得全身顫抖起來。

「小博，你的手為什麼冰冷的？」媽媽問。

「沒事啊，我擔心嫲嫲。」小博士說。

「別擔心，嫲嫲沒事的。」媽媽說。

小博士沒有說話，他不敢說嫲嫲可能吃了他的糖肚痛，只管將心裏的秘密埋得更深。

第二天上學，小博士整個早上沒有說一句話，同學也不理會他，只有哈比想跟他說話，然而，看見他的表情後，決定不說。

午飯時，徐薇問小博士：「下星期五晚的觀星活動，你和你嫲嫲好像上次一樣接送我嗎？」

小博士瞪徐薇一眼，沒有回答。

哈比連忙笑說：「這次由我和工人姐姐接送你吧。」

「好呀，謝謝你，你真是好人。」

「哈比是好人，難道我是壞人嗎？」小博士生氣道。

徐薇不知道小博士為何生氣，微笑說：「小博士最好人，小博士的嫲嫲也好人。」

「虛偽，個個都說好人，世上沒有壞人啦。」小博士大聲說。

徐薇不知所措，哈比對徐薇說：「小博士心情欠佳，不要理會他。」

「我心情不知多好，只是不喜歡虛偽的人。」小博士說。

徐薇急辯：「我沒有虛偽，我真心覺得你們是好人啊。」

「你說一個壞人的名字來聽聽。」小博士說。

「沒有。」徐薇說。

「這就證明你是虛偽。」小博士說：「有白天就有黑夜，有太陽就有月亮，有好人自然有壞人，你覺得個個都是好人，分明是虛偽。」

「夠了。」周仲君說：「袁小博，你別胡亂罵人。」

「我講道理，你們不講道理。」小博士說。

「我想返回課室，下午的中文課要默書，我想溫

習多次。」徐薇說。

「說謊。」小博士說：「你想離開這兒，就說要返課室溫書。」

「我沒有說謊，不信你可以去我的課室看我溫習的。」徐薇急得眼淚在眼眶打轉，差點兒當場流淚。

「夠了。」哈比說：「難怪游泳班的人都叫你小魔怪。我知道有人批評你，不斷在你背後維護你，不過，你真是小魔怪，不再是我的朋友小博士。」

徐薇站起來離開，一起吃飯的學生都走了，只餘小博士一個人坐在那兒。

小博士跟爸爸在探病時間去醫院探望祖母，祖母看來有點虛弱，還在睡覺，小博士和爸爸默默地坐了一會，然後離開。

他們到醫院的快餐店吃飯，全部都是成年人，只有一個小女孩和爸爸坐在小博士附近，女孩跟小博士微笑，小博士和她打招呼。

雙方的爸爸出去買飯時，小女孩問小博士：「你有什麼病呀？」

「我沒有病，我來探嫲嫲的。」小博士說。

「你沒病就好了，我有腎病，只有洗腎前才可以食雪糕和雞髀，不過，我寧願食平日沒有味道的東西，洗腎好辛苦的。」小女孩說。

小博士這才看清楚她的樣子，起初以為她是肥胖，看清楚才知是浮腫。小女孩說：「今日有雞髀食，但我沒有胃口，請你食啦。」

「為什麼要請我食？」小博士問。

「我們是朋友啊。」

「我不知你的名字，怎算朋友呢？」

「我是順順，你呢？」

「我的朋友都叫我小博⋯⋯」小博士想起祖母教導，將「小博士」說成「小博」。

「小博你好，我們是朋友了。」

小博士覺得順順有道理，說：「順順你好。」

「你跟我做朋友，又要請我食雞髀，你有什麼好處呢？」小博士問。

「做朋友不用好處啊，我好開心認識你啊。」順

順說。

小博士的爸爸拿托盤回來，跟小博士一起吃飯。

順順的爸爸買了雞髀和雪糕給她，順順高興地向爸爸說：「爸爸，我認識到新朋友，他是小博，我想請他食雞髀。」

「好呀，我出去買。」

「我不想吃雞髀，這隻給他吃。」順順說。

聽到女兒的說話後，順順的爸爸將雞髀拿給小博士。

「不好意思，我付雞髀錢好了。」小博士的爸爸說。

「不用呀，小孩子的事情就由得他們，難得順順有朋友。」

順順跟爸爸說：「醫生說我只要多吃雪糕，身體自然好的。」

「啊，醫生這樣說嗎？爸爸再買雪糕給你。」順順的爸爸說。

「好啊。」順順笑說，因為面龐浮腫，笑起來雙眼更像一條線，小博士看見忍不住笑起來。

離開醫院後，小博士問爸爸：「順順說醫生要她多吃雪糕是說謊嗎？」

「你認為這句話是真是假？」

「假的，但她的爸爸相信啊。」小博士說。

「連你這個剛認識的人都不相信的事情，她的爸爸怎會相信呢？」小博士的爸爸說：「與其說順順說謊，不如說她在說笑。」

「她想跟我做朋友是說謊嗎？」小博士問。

「不是。」他的爸爸說：「你最近說你的朋友土氣和不夠聰明，你認為順順合乎你的交友標準嗎？」

小博士低頭思考，想不出答案。

回到學校，小博士感到被同學排擠。除了陳欲靜問他功課外，沒有人跟他交談，沒有人和他一起玩，連哈比都不跟他說話。

他覺得是同學的錯，他們沒有體諒他心情惡劣，原先以為嫲嫲只要住院兩日，現在住了一個星期還未出院。

媽媽煮的晚餐不及嫲嫲煮的美味，沒有嫲嫲製造的下午茶糕點，沒有嫲嫲說的神話故事，他不開心，為什麼同學不開解他，反而排擠他呢？

連日來最讓他開心的一件事就是收到作家回信，他細讀一遍又一遍。

親愛的小博：

我不問「你好嗎」，因為我知道答案，你的心情一點也不好。

我很喜歡讀幼稚園的我，可以整天玩耍、吃東西和睡覺。不過，人總會長大，我們必須接受改變，沒有人一輩子讀幼稚園的。

成長最大的困惑是轉變，即使毛蟲變成蝴蝶，別人看來變得美麗，但蝴蝶一樣會懷念毛蟲生活。我們要接受轉變，尤其是成長的轉變，以免構成不必要的壓力和煩惱。

我們總希望結交漂亮有型的朋友，要是每個人都有這種想法，沒有朋友的應該是我和你。結交朋友是用心交往，不是用眼看外表的，可以結交正直善良的朋友是幸運，要是對方真誠待你，那是更大的幸運。

每個人都是一天一天長大，你會長大，祖父母會老去，懂得珍惜相聚時光，無論世界如何改變，我們都可以是快樂的。

祝你由小魔怪變回小博士

關麗珊

第四章

我們能否永遠做得正確

自從游泳班的朋友將小博士稱為小魔怪後，背後說他小魔怪的人越來越多，跟他說話的人越來越少，小博士開始覺得不開心。

當他看見哈比、周仲君和郭志明閒聊說笑的時候，心裏有怪怪的感覺，渴望加入一起談天說地，但想到他們沒有主動跟他和解，沒有理由自己先跟他們說話的。

放學後，小博士獨個兒去快餐店買雪糕，想起之前跟哈比一起吃雪糕的日子，更覺哈比沒有關心他和遷就他，他的祖母生病，哈比應該體諒他，任由他發脾氣的。

排隊買雪糕的時候，有個高大有型的少年問小博士：「你識玩雙子塔遊戲嗎？」

那是小博士喜歡的電腦遊戲，即使父母每日只許他玩半小時，他依然玩得比不少同學出色。

小博士看見少年長得好看，髮型和衣服打扮同樣有型，心想，可以跟他做朋友就好了。聽罷少年的問題，忙不迭說：「識呀，玩得很好的。」

「我是阿迪，有兩個朋友在那邊玩手機版，你一齊玩啦。」少年說。

「好啊。」小博士說。

阿迪帶小博士走到快餐店一角，那兒有兩個跟阿迪差不多年紀的少年，同樣有型有款。小博士一邊吃雪糕一邊坐下來。

阿迪說：「我們玩對打，一元一局，好嗎？」

「好啊。」小博士笑說。

阿迪和兩個朋友是中學生，三人說話風趣，聊及一些小博士不知道的事情，新奇有趣，小博士跟他們對打有贏有輸，最終贏了三元離開。

「明天再玩。」阿迪說。

「好呀。」小博士高高興興回應。

小博士開心認識新朋友，還多三元零用錢。讓他更開心的是，回家看見祖母已經出院，爸爸和媽媽放假接她回家，然後，媽媽去煮晚餐。

小博士到祖母的房間探望她，見她消瘦多了，臉上的皺紋比以前多，原本要在黑髮裏面找尋白髮，現在要在白髮裏找尋黑髮。

「別苦瓜乾似的望住嫲嫲，」祖母笑說：「嫲嫲這次小病是福。」

「嫲嫲，你以後不要再病。」小博士上前握住祖母的手說。

「好啊，嫲嫲不病，嫲嫲注意健康，等你爺爺回來陪我環遊世界。」

「爺爺回來嗎？」小博士問。

「待我病好了，他就會回來。」祖母笑說。

「嫲嫲，你是否吃了我給你的糖才肚痛的？」小博士滿臉內疚說。

「傻孩子，嫲嫲教你許多遍，吃飯前不能吃糖。嫲嫲當然沒有吃你給我的糖，醫生說感冒菌入腸，幸

好及早去醫院，要不然，嫲嫲現在還要住院，沒有現在康復得那麼快。」祖母躺在牀上一口氣說。

「嫲嫲，我告訴你一個秘密，你答應我不要告訴其他人啊。」小博士說。

祖母做手勢將嘴上的無形拉鏈拉上，示意她不會對別人說的。

「我好內疚啊。」小博士說。

祖母以眼神示意小博士說下去，小博士想了想，說：「我還是不說的好。」

「嗯。」祖母沒有追問，擺擺手說：「我很累，你出去溫書和做功課，我不吃飯了。」

「一陣子肚餓怎辦？」小博士說。

「我還有你給我的一粒糖。」祖母開玩笑說，然後認真回答：「晚上不吃東西，讓腸胃休息一下，這幾天都是這樣，不會餓的。」

「嫲嫲，你瘦多了。」小博士無限憐惜說。

「不用花錢減肥，多好。」祖母笑說，疲倦得閉上眼睛休息。

「我先出去，嫲嫲，你多休息。」

「嗯。」祖母漫應道。

第二日放學，小博士再去快餐店跟阿迪和他的朋友玩遊戲機，這次贏了五元，讓小博士開心好半天。

第三日放學，小博士以最快的速度跑去快餐店，阿迪和朋友已在那兒等待他，小博士覺得打機越來越順利，這次贏了七元。

第四日放學，小博士雙腳像會自動帶他去快餐店似的，阿迪看見他，笑說：「我們中學生玩十元一局的，先前遷就你是小學生玩一元一局，現在你遷就我們，玩十元一局。」

一元和十元分別太大，小博士猶豫起來。

阿迪說：「你不玩就算了，我還以為大家是朋友啊。」

「我們是朋友，我玩。」小博士說。

這次玩遊戲對打，小博士贏了十元。

阿迪笑說：「下星期再來。」

「好呀。」小博士說。

星期一放學，小博士跑去快餐店，看見阿迪和朋友在那兒，連忙開始打機，小博士贏了十元。

星期二放學，小博士同樣跟阿迪和朋友打機，驀然知道他們的技巧遠遠超越自己，只是以前沒有表現出來。小博士每局皆輸，竟輸掉一百元。

小博士發現輸掉那麼多錢，很是害怕，阿迪說：「你明天贏一百元就是，我們還在這兒。」

星期三放學，小博士想去快餐店贏回一百元，又怕輸掉更多錢，他已經沒有零用錢了。

經過快餐店的時候，小博士猶豫一會後，決定不走入去，卻見阿迪走出來跟他說：「快進去，你這天會贏我們的。」

「你們技術比我好呀。」小博士說。

「我們是朋友，我幫你贏他們兩個，起碼贏一百元。」阿迪說。

「真的嗎？」小博士緊張問。

「真的。」阿迪說。

「好吧。」

「你同意一百元呀。」

「同意。」小博士說。

小博士跟他走進快餐店，很快知道阿迪欺騙他，因為阿迪的朋友很快連贏十局。小博士以為自己輸掉一百元，很是傷心，拿出一百元時，阿迪說：「我們說好一百元一局，你輸掉一千元。」

小博士感到背脊冰涼，他從來沒有認同一百元一局，緊張說：「十元一局呀，明明是十元一局。」

「我就知道你會不認賬的，你自己聽。」原來阿迪用手機將先前的兩句對話錄了音，小博士清楚聽到阿迪說「你同意一百元」，然後是小博士的聲音說「同意」。

「我記得你說起碼贏一百元，我同意起碼贏一百元。」小博士急道。

「錄音清清楚楚有證有據，你不還一千元的話，我將錄音播給你校長聽，你穿校服，我知道你讀哪間小學，我甚至可以播給你的父母聽，他們自然會代你還錢。」阿迪說。

小博士又急又怕，好想哭又忍住說：「你說我們是朋友呀。」

「我們是朋友呀，朋友贏了都要收錢。」阿迪說。

「你們騙我的，明明是十元一局。」

「沒有騙你，你要再聽錄音嗎？」阿迪冷冷說：「明天拿一千元來，否則……」

「你不要告訴校長。」小博士害怕得顫抖說。

「明天在這兒等你，如果你不來，我就拿去你的學校。」阿迪說。

「你說我們是朋友呀，那麼可以收朋友價一百元嗎？」小博士靈機一觸問。

「朋友價一千元，你不還錢就加上利息。」阿迪說。

小博士覺得阿迪突然變得醜陋，知道說下去都無用，只好默默離開，想起他儲起來的利是錢都不夠一千元，不知怎辦。

他想起媽媽有段時間辭職當主婦，然而，因為爸爸被公司裁員，媽媽只好再次出外工作。小博士知道家裏沒有太多錢，不敢跟父母說無緣無故輸掉一千元的事。

小博士不敢回家，在街上漫無目的地走，遠遠看見平日練習游水的泳池，想起哈比陪他去泳池練習的日子，真是快樂。

差不多到晚飯時間，小博士才回到家裏，看見祖母坐在客廳，朝她笑了一笑。

祖母見孫兒回家，從他的表情知道他不開心，他的笑容比哭更難看，輕拍沙發鄰座說：「過來跟嫲嫲聊天。」

小博士乖巧地坐在祖母身旁，祖母把他摟入懷裏說：「你有心事可以跟嫲嫲說的。」

「沒有。」小博士說謊。

「你有的，嫲嫲知道你有事隱瞞我們，你上次說有秘密，還未告訴我。」祖母說。

小博士突然哭起來，搖搖頭說：「嫲嫲，我錯了，我知錯啦。」

「知錯就可以，你跟嫲嫲說。」

「我自己可以解決。」小博士說。

「你看過天琴座的神話沒有？」祖母問。

小博士搖搖頭，祖母繼續說：「希臘神話裏，彈奏七弦琴最出色的是奧菲斯，他的琴聲可以感動全世界。」

「可以嗎？」小博士專心聽故事，暫時忘記自己的煩惱。

「可以呀，他跟妻子快快樂樂生活，但有一天，他的妻子被毒蛇咬死。」

小博士聽到張大嘴巴，非常緊張。

祖母看見他的趣怪表情，繼續說：「奧菲斯拿他的琴到地府尋找他的妻子，以琴聲感動冥帝，讓他帶妻子返回陽間。」

「可以嗎？」小博士再問。

「現實並不可以，但神話是神話，在神話裏面當然可以。」

「冥帝只有一個要求，就是奧菲斯的妻子會在他後面跟他返回人間，他們一起走一大段路，奧菲斯在踏足人間之前，絕對不能回頭看他的妻子，要不然，她會立刻消失。」

「很容易，只是一大段路不回頭望她，以後就可以日日見面啊。」小博士説。

「奧菲斯立刻答應冥帝的要求，然後離開，他相信妻子就在他後面跟着他，然而，快到陽間的時候，他始終忍不住，回頭看看妻子是否還在他後面，待他回頭時，正好看見妻子化作一縷輕煙消失了。」祖母慢慢説。

「噢！」小博士驚呼起來説：「怎麼辦？」

「奧菲斯違背了自己的諾言，無論怎樣都無法挽回。天神在他離世後，將他的七弦琴放在天上，變成現在的天琴座，紀念他出色的琴音。」

「你説神話什麼都可以的，為什麼奧菲斯不能再接回他的妻子？」小博士問：「第二次不回頭就可以啊。」

「每個人都會犯錯，有些錯誤是小事，很容易糾

正，但有些錯誤是無法改變的。」祖母說。

「嫲嫲，我不明白啊。」

「你將秘密告訴我，讓我看看那是否可以糾正的錯誤。」祖母說。

小博士想跟祖母說出秘密和阿迪的事，剛巧聽到母親開門的聲音，小博士的媽媽說：「我在飯店買了飯菜，小博快點洗手，準備吃飯。」

祖母輕輕說：「快去洗手，嫲嫲隨時可以聽你的秘密。」

小博士點點頭，依照媽媽的指示去做。

吃過晚飯，小博士回房拿出他放在百寶箱的錢數了又數，發現只有二百一十二元，距離一千元很遠，不知怎辦。

腦海想起小一的時候尿濕褲子，害怕被人知道，不知怎辦時，哈比將書包的後備校褲借給他，讓他可以穿乾淨的校褲回家。

想到這兒，小博士打算給哈比電話，想起近日經常發脾氣，不敢找他，沒料到哈比致電給他。

「小博士，你記得星期五的觀星活動嗎？」哈比問。

聽到哈比的聲音，小博士高興得不得了，連忙說：「記得呀。」

「我不能去呀，爸爸今日跟我說，星期五會帶我去飲宴，你和嫲嫲接送徐薇好嗎？」哈比說。

「嫲嫲生病……」小博士還未說完，哈比立刻說：「呀，難怪你經常發脾氣，原來是嫲嫲病了。」

「嗯，」小博士有點不好意思，說：「你不生氣嗎？」

「我有點生氣的，不過，我們是朋友呀。」哈比說。

「你仍然當我是朋友嗎？」小博士說。

「我要嚴正聲明，我的朋友是小博士，不是小魔怪，你變成小魔怪之後，就不是我的朋友。」哈比老氣橫秋說。

「我……」

「什麼事？」哈比不耐煩問。

「你可以借七百八十八元給我嗎？」小博士低聲問。

哈比以為聽錯，問：「八十八元嗎？」

「七百八十八元！」

「我怎可能有這麼多錢？你為什麼要借錢？」哈比問。

「我認識一個新朋友阿迪，他說鬥打機一元一局，後來變成十元一局，不知怎樣又變了一百元一局，我欠他一千元。」小博士說。

「騙局呀，你沒有看新聞嗎？許多人騙小學生零用錢的。」哈比說。

「他用電話錄下我的聲音，他會跟校長說的。」小博士說。

「我幫你問其他同學借錢吧。」哈比說。

「總是你幫助我的。」小博士說。

「我們是朋友啊。」哈比說：「我是小博士的朋友，不是小魔怪的朋友呀。」

「我永遠是哈比的朋友呀。」小博士說。

掛線後，小博士還是有問題想不通，決定寫信問作家。

親愛的關老師：

你好嗎？

我是小博，我想講一個秘密給你知道，但你要答應我保密呀。

祖母今日講天琴座的神話，她說有些錯誤可以改正，有些錯誤不能，我知道我犯了不能改正的錯誤，我應該怎樣做呢？

我不敢告訴任何人，我犯了不可原諒的錯誤。我想知道別人說的是否真的，才用洛奇做實驗。大人說不能給狗吃朱古力，但洛奇很想吃呀，我在星期二晚給牠半粒朱古力，想證明狗可以吃朱古力的，但牠在星期三死了，是我害死牠的。

我想跟祖母說這個秘密，但不敢說。我因為不開心，經常對朋友發脾氣，我是否很壞的小學生呢？

希望你盡快回信給我。

祝

事事順利

小博上

小博士將信放在待寄的位置後，再接到哈比的來電，哈比語帶興奮説：「我借夠七百八十八元了。」

「那麼快？」小博士説。

「我有許多朋友啊。」哈比説。

「謝謝你。」小博士帶點緊張問：「你有許多朋友，他們都知道我胡亂認識新朋友，被人騙錢嗎？」

「我沒有說，他們沒有問。」哈比說：「我說要幫小博士，個個都借出零用錢。」

「個個？」

「一人十元左右，我跟徐薇談觀星活動，只問她一個女生。」

「其他女生不知道吧？」

「嗯……郭志明知道的事情，全部女生都會很快知道的。」

「噢。」小博士沮喪回應。

「明天陪你一起去見你的新朋友。」哈比說。

「他們不是我的朋友，你們才是。」小博士說。

「對了，徐薇借給你五十元的，你會在星期五接送她嗎？」

「嫲嫲生病，如果爸爸和媽媽加班，我不能去觀星會，不能接送徐薇了。」小博士說。

「我的工人姐姐先到你家，然後和你去接徐薇，回來的時候一樣，不就可以了嗎？」哈比說。

「你真是我最好的朋友！」

「你不嫌我土氣嗎？」

「我才是土氣，你是全世界最有型的哈比。」小博士笑說。

「你為了七百八十八元說謊嗎？」哈比笑說。

「老師教過陶淵明不為五斗米折腰，我小博士怎會為七百八十八元說謊？」小博士說。

「我明天將錢集合好給你。」哈比說。

「你是世上最好的哈比。」

「你不要再變小魔怪就好了。」

第二日，小博士將二百一十二元帶回學校，看見同學紛紛拿數十元幫助他，很是感動。

鄰座的陳欲靜給小博士十元說：「我只有十元零用錢，全部給你。」

「你不怪我打你嗎？」小博士問。

「我明白你無法控制，你有過度活躍症呀。」陳欲靜說。

「我沒有，你才有專注力不足和過度活躍症。」小博士說。

陳欲靜突然感到不耐煩起來，在課室走來走去。

午膳時，小薇給小博士五十元說：「我只有五十元積蓄。」

小博士說：「我很快會還給你的。」

「不要緊，我這幾天去補習社前不買東西吃就可以。」

小博士不知說什麼才好，哈比笑說：「我們都是你的債主，你以後不能打罵我們。」

「我們是好朋友，我以後不向好朋友發脾氣。」小博士說。

哈比拍拍小博士手臂，示意明白。

放學後，哈比陪同小博士去快餐店，看見阿迪和他的兩個朋友早已在門外等候他們。

哈比看見他們，只覺他們比他有型很多，難怪小博士喜歡跟他們一起玩。

「入去打機，多個朋友一齊玩，十元一局。」阿迪說。

「不。」小博士說。

「不打機都要先還錢呀。」阿迪說。

「我沒有欠你那麼多錢的。」小博士說。

「別說無謂事情，就在這兒還錢，快！」阿迪說。

「你先刪除錄音。」小博士說。

「收錢後自會刪掉。」阿迪說。

「不，你先刪掉錄音。」小博士說。

「小學生就是小學生，特別無腦的。」阿迪說。

從來沒有人說過小博士無腦，小博士很是生氣，大聲地說：「你智商多少我智商多少，我一定比你聰明。」

阿迪輕蔑一笑，說：「手機錄音可以一秒傳送出去，我在你面前刪掉錄音，你可以估計到我還有多少錄音嗎？你只能信任我，快付錢。」

小博士呆住了，他沒想過自己並不聰明，甚至比他認為是愚蠢的朋友更蠢。

哈比說：「你要寫下收到小博士一千元，簽名作實。」

阿迪笑說：「那麼矮細的小學生真是有趣。誰教你的，侏儒仔？」

「我不是侏儒，你才是。我爸爸是做生意的，我見他們要將銀碼寫下來的。」哈比說。

「你們兩個小學生快付錢，別煩了，不會簽收，不會刪掉錄音。」阿迪說。

小博士和哈比隱隱覺得不妥，但不知怎辦，兩人一動不動的站在那兒。

阿迪的朋友不耐煩起來，動手想去搶小博士的書包，被人遠遠喝止：「停手！」

五個人一起望過去，哈比看見爸爸正走過來，連忙跑到爸爸身邊，司徒先生說：「你們三個欺負小學生嗎？」

「別説欺負，我們是好人。這個叫袁小博的欠我們錢，我們等他還債。」阿迪說。

小博士站在司徒先生身旁，抬起頭說：「不是的，他們騙我打機，講明十元一局的，我輸了十局，他們要我還一千元。」

司徒先生生氣道：「你們騙小學生錢，要我報警嗎？」

「願賭服輸呀，大叔。」阿迪說：「他贏過我們錢的。」

「叔叔，起初是一元一局，我贏過幾元。」小博士說。

「你們再找袁小博麻煩的話，我就報警，我剛才拍下你們的照片，你們再出現的話，別怪我不預先警告你們。」

阿迪和兩個朋友互望一陣子，阿迪說：「大叔，現在是你們欺負我，他確實輸了，起碼給我們一百元呀。」

「打機就打機，誰要賭錢？這樣騙小學生賭錢也是犯法的。你們再不離開，我會報警，上到法庭就知道你們是否犯法！」司徒先生說。

阿迪狠狠瞪小博士，然後望向司徒父子，臉上寫滿不服氣，但說不下去，揚一揚手跟兩個朋友一起離開。

看見他們三人的背影消失後，哈比才鬆一口氣，問：「爸爸，你為什麼會在這兒？」

「工人姐姐告訴我，你昨晚不斷打電話問同學借錢，我下午不上班，就是要看看你是否學壞了。」司徒先生說。

小博士低聲說：「叔叔，對不起。」

「你會告訴父母嗎？」司徒先生問。

小博士低下頭來，沒有回答。

「你以後結識朋友要小心。」司徒先生說。

「嗯。」小博士說。

「哈比，明天逐一還錢給同學，以後不要問人借錢，有問題要跟爸爸商量呀。」司徒先生說。

「知道。」哈比笑說。

小博士拍拍哈比的肩膀，哈比加倍還擊，小博士不知如何反應，哈比說：「你現在明白陳欲靜和你怎樣打我們吧？」

「哈比，別頑皮，不能打朋友的。」司徒先生正色說。

「我示範一次，讓他知道先前怎樣打我們。」哈比說。

「別小家子氣。」司徒先生教訓哈比。

「叔叔，是我不對，我不開心，模仿過度活躍症的同學反應，我知錯了，這是可以改變的錯誤吧？」

司徒先生笑說：「可以，知錯能改就可以，我們陪你回家吧。」

「叔叔，你有朋友嗎？」小博士問。

「叔叔當然有許多朋友。」司徒先生說。

「你會對朋友發脾氣嗎？」小博士問。

「讀小學的時候，有時會對朋友發脾氣的，後來就不會。」

「為什麼？」小博士問：「怕他們不和你玩？」

「不是，我不怕沒朋友，我只是珍惜真心待我好的朋友。」司徒先生說。

「嗯，我明白了。」小博士說。

回到家裏，小博士走到祖母的房間，叩門一陣子，房內沒有反應。

房門虛掩，小博士推門看見祖母躺在牀上，看似昏迷，連忙跑過去推她。想起周仲君有次推開不排隊的陳欲靜，被他打跌到地上。他寧願祖母起來打他，也不願祖母有事。

搖了幾下，聽到祖母說：「停手呀，停手。」

小博士即時停手，說：「嚇壞我了，我以為你又生病，要入醫院。」

「嫲嫲太累，想休息一會。」祖母輕輕說。

「休息好啊，嫲嫲我唱歌給你聽。」小博士唱：「一閃一閃小星星，一顆一顆亮晶晶，高高掛在天空中……」

「小博唱得很好聽。」祖母笑說。

小博士坐在牀緣，上半身伏在祖母大腿的被子上，低聲說：「你喜歡聽，我每晚唱給你聽。」

祖母沒有回答，小博士聽到她均勻的呼吸，看來已經熟睡。

連續幾天都沒有祖母親手製的下午茶糕點，只有街外買回來的。

小博士每次看見祖母午睡，都會唱歌給祖母聽，漸漸明白他會長大，祖母會老，原本是祖母照顧他，總有一日會變成他照顧祖母。

作家的回信不知在哪天放在收寄信件的角落，小博士發現後，連忙細讀起來。

親愛的小博士：

你好嗎？

謝謝你的信任，雖然我無意知道你的秘密，但結果都是知道了。

你的祖母是對的，有些錯誤可以輕易糾正，有些錯誤是一次都嫌多。

人和狗的消化系統完全不同，狗是不能消化朱

古力的。有些知識不用自己做實驗，相信別人就可以。以前有許多藥物和化妝品用動物做實驗，現在大多禁止了。

傷害生命是無法逆轉的事，不能犯錯。不過，洛奇已經十四歲，牠突然死去，未必跟你給牠吃少許朱古力有關，你不必內疚，但以後不要再傷害生物，也不要胡亂用生物做實驗。

我不會評論你是好學生抑或壞學生，你自己評論好了。你的師長和朋友都會讓你知道你是好是壞。以後再養寵物，可不要給牠們吃朱古力啊。

願你及早學會敏於事和慎於言。

關麗珊

第五章

我們可否做好朋友

不知不覺間，陳欲靜已經坐在小博士鄰座三個月，由開學時一日走十轉漸漸改善為一日走五轉。全班同學早已適應他的大叫和暴躁，大家都知道他不是刻意令人討厭，也沒有惡意，只是無法好好控制自己的情緒和行為。

午飯的時候，老師一早安排陳欲靜自己坐在一角吃飯，義工姨姨總是特別照顧他的。小博士每次吃午飯，都看見陳欲靜望向他們，他不知道自己是陳欲靜全校最熟悉的人，只顧吃飯和跟同學說笑，偶然望向陳欲靜那一邊，彷彿看見他的孤獨和不安。

有天小息，小博士專心溫書，陳欲靜突然大力拍他一下，問：「我想去小食部，我有錢。」

小博士覺得很痛，用盡全力還擊，說：「你打人

好痛，說話就說話，別動手。」

陳欲靜誇張大叫，然後在課室跑了一圈，符賢樂大聲說：「小魔怪，別欺負靜靜。」

「他先動手的。」小博士反駁說：「我是小博士，不是小魔怪。」

「你欺負同學就是小魔怪。」龔盈盈遠遠說。

「明明他欺負我，你們看不見嗎？」小博士說。

「他有專注力不足和過度活躍症，你沒有。他不知道力度過大，你知道，我們都看見你欺負他。」周仲君說。

小博士感到孤立無援，望向哈比，哈比看見同學都幫陳欲靜說話，想幫助小博士，但他認同周仲君所說，只好靜靜望向小博士，沒有說話。

陳欲靜跑了好一會，跑到小博士面前停下來，小博士仍在生氣，沒料到陳欲靜向他道歉：「對不起，我不知拍你會痛的，對不起。」

小博士不停思考應該怎樣回應的時候，哈比從自己的座位走出來，看看小博士又看看陳欲靜，然後說：「大家是好同學，小誤會，不用道歉。」

陳欲靜很是高興，不斷拍打哈比，哈比連忙說：「夠了夠了，好痛呀，你以後跟我們說話，不要動手啊。」

「明白。」陳欲靜一邊拍打哈比一邊說。

「靜靜，我們玩個遊戲，好不好？」秦美儀突然提議說。

陳欲靜拍打秦美儀的肩膀說：「好呀。」

「我們以後將雙手放在背後才說話，誰的手放不好，誰就算輸。」秦美儀忍住肩膀的痛楚說。

哈比立即附和，將雙手放在背後說：「好呀，好好玩的。」

陳欲靜嘗試將雙手放在背後，還未說話已覺不耐煩，大聲說：「不玩了。」

上課鈴聲響起，大家返回座位，陳欲靜湊近跟小博士說：「我肚餓，想吃東西。」

小博士從書包拿出幾粒朱古力給他，着緊地說：「趕快食，老師快要走進課室了。」

陳欲靜連忙吃掉，拍拍小博士的背，小博士覺得好痛，但沒有還手。

午飯時，義工姨姨走到小博士那一桌說：「你是袁小博嗎？」

「嗯。」小博士以為自己犯錯，要被姨姨責罵，不敢多說。

「我是陳欲靜媽媽，謝謝你們對他好。」

「姨姨，別客氣。」哈比說。

「姨姨讚我呀，不是讚你，你搶答時倒像陳欲靜。」小博士對哈比說。

「我對靜靜比你對他更好。」哈比跟小博士說。

小博士沒有說話，陳欲靜的媽媽說：「我們知道靜靜的問題，你們對他真好。」

「姨姨，我對他不算好的。」小博士說。

「靜靜回家經常提到小博士，他知道你對他好的。」陳媽媽說。

「姨姨，我曾經跟靜靜打架，他們都叫我小魔怪呀。」小博士低下頭說。

「別這樣說，我家靜靜有你一半的聰明乖巧就好了。」

「姨姨，你不讚我聰明乖巧嗎？」郭志明問。

陳媽媽笑出眼淚，想起兒子從來沒有這些可愛回應，現在可以跟這些同學一起，既開心又難過，不覺笑出眼淚，用手帕抹掉眼淚後，說：「靜靜遇上你們真是幸運。」

「我們幸運才是。」哈比說。

小博士看他一眼，哈比望向小博士說：「你別指我說謊，我是真心的。」

「怎樣幸運呢？」小博士問。

「姨姨，我們明白靜靜無法專心聽書，認識他以後，我知道可以專心聽書是幸運。」哈比說。

「靜靜下個月生日，你們來參加靜靜的生日會好嗎？」陳媽媽笑說。

「好呀。」幾個男生同時說。

「你來嗎？」陳媽媽問徐薇。

徐薇說：「我是小五的學生。」

「一起來玩。」陳媽媽說：「小博士，你代靜靜邀請同學，生日會的場地可以容納一百人的。」

「嗯。」小博士點頭說。

「姨姨一看就知道你是聰明的小博士，怎樣變都不會變成小魔怪，同學怪錯你吧。」陳媽媽說。

「姨姨，你沒有見過小博士變成小魔怪的樣子，好恐怖的。」哈比笑說。

「真是恐怖。」郭志明附和道。

「我不信。」陳媽媽笑說，轉頭問徐薇：「你說呢？小博士真的會變成小魔怪嗎？」

「我覺得不像小魔怪。」徐薇說。

小博士一邊吃飯一邊笑起來，終於有同學知道他不會變成小魔怪。豈料徐薇接下去說：「我覺得像漫畫的變形怪醫，一時是醫生，一時是青色大怪物，非常恐怖。」

所有聽到的人都笑起來，連陳媽媽都在笑，小博士更笑到將飯噴到徐薇的臉上。徐薇懊惱說：「你這是報復嗎？小魔怪。」

「冤枉呀，我忍不住笑。」小博士説。

「你們真好，這樣相親相愛，遲點可以讓靜靜加入一起吃飯嗎？」陳媽媽説。

「這兒的人會噴飯的，他不害怕就加入吧。」哈比笑説。

陳媽媽遠遠看見兒子一個人吃飯，感慨道：「靜靜能夠轉來這間學校讀書真是幸運。」

「姨姨，我們幸運才是。」小博士重複哈比的説話再説一遍。

陳媽媽苦笑一下，然後回去陪兒子吃飯。

回家的時候，哈比和小博士經過快餐店，看見阿迪和幾個朋友在門外閒聊，看來是等人，也許在等候下一個小學生被他們騙錢。驟眼看來，個個穿戴有型有款，哈比不禁多看兩眼。

哈比問：「我們在他們面前經過，你……」

「我不怕他們。」小博士未待哈比説完就回答。

阿迪看見小博士和哈比路過，隨即走近他們説：「唏，我們去朋友家裏打機，一齊嗎？」

「不。」哈比和小博士同時說。

「不賭錢的，純粹打機。」阿迪笑說：「袁小博，我們是朋友呀。」

「我們不是朋友。」小博士說。

阿迪聳聳肩說：「你不和我做朋友，絕對是你的損失。」

小博士還想說話，但已被哈比拉走，哈比說：「別理會他們。」

走遠後，哈比輕輕說：「他們真是好看，那麼有型，我都想長得像他們那樣，可是，想不到他們是壞人。」

「他們騙小學生錢，才有錢買好看的衣服啊。」小博士說。

「好可惜呀，其實，我都想認識有型的朋友。」哈比說。

「我不夠有型嗎？」小博士說。

「你是科學怪人型。」哈比笑說。

「你才是科學怪人呀。」小博士追打哈比，然

BURGER

後，兩人很有默契地各自快步走回家。

小博士回家後，看見祖母將自製的糕點拿出來，微笑起來，拿起芝麻糕就想吃。

祖母笑說：「先去洗手，以免拉肚子呀。」

小博士連忙去洗手間洗手，然後說：「嫲嫲完全康復了嗎？」

「沒事啦，以後吃東西更小心。」

「我知呀，老師教過病從口入，禍從口出。」小博士說。

「知道就好。」祖母說。

「嫲嫲，下次可以一齊去觀星嗎？」

「當然可以，嫲嫲跟你說北斗七星的故事。」

「好啊。」小博士想了想問：「嫲嫲，你讀小學的時候有什麼朋友？放學玩什麼？」

「嫲嫲有許多同學和鄰居朋友的，我們玩煮飯仔啦、跳飛機啦、跳大繩呀、捉迷藏啦，還有許多自創遊戲的。」

「你們比我們開心啊。」

「你們有你們的開心啊，嫲嫲沒有觀星活動，也沒有天文望遠鏡呀。」祖母説。

「嫲嫲，你答應我不要再病，我們一年四季都可以看不同星座啊。」小博士説。

「爺爺退休之後，嫲嫲會跟爺爺去世界各地看星星，嫲嫲不能陪你觀星了，那時候，你只要留意收信的角落，就會看見我們從不同地方寄給你的明信片和信。」祖母説。

「嫲嫲，你不陪我看星星嗎？」小博士問。

「你有朋友陪你看呀，哈比和徐薇都是你的好朋友，還有觀星會的朋友呀。」

「嫲嫲，在小學時，你想過要有很多很多好有型的朋友嗎？」小博士問：「我見街上的人好有型，但我的朋友都不是。」

「我認識的朋友都是六十分，不有型，但善良，你的爺爺六十分，你都是差不多。」祖母笑説：「我們憑什麼要朋友有型呢？」

「我是你的乖孫，起碼有七十分吧。」

「六十五分，最多六十五分。」祖母笑說：「哈比有八十分。」

小博士驀然明白過來，不用祖母再解釋，輕輕說：「我永遠給嫲嫲一百分。」

祖母眉開眼笑說：「多吃一件芝麻糕，快高長大就會有型，到時候……」

「到時候，有型的袁小博有八十分。」小博士笑說。

「六十七分，有型的小博值六十七分。」祖母笑說。

小博士倒進祖母懷裏撒嬌，彷彿變回三歲返幼兒園的袁小博。

有人開門，小博士問祖母：「你猜是爸爸還是媽媽回來，賭一元一局。」

祖母不悅問：「誰教你的？」

「朋友。」小博士知道不對，隨口說。

「你認識對方多久？教你賭錢的算是哪門子朋友？」祖母有點生氣說。

「玩玩而已，也不算朋友，只是認識。」小博士連忙說。

「不可賭錢！有那麼多新奇有趣的玩意可以玩，就是不能賭錢。」祖母嚴肅起來說。

「明白。」小博士低聲回應。

小博士的爸爸開門入屋，看見兒子和母親吵架似的，帶笑問：「你們吵什麼？」

「沒有吵，嫲嫲教我不要賭錢。」小博士說。

「對，不要賭錢，爸爸和媽媽從來不賭錢的。」爸爸說。

祖母示意去廚房煮飯，小博的爸爸坐在祖母原先的位置，拿出手機給小博士看，然後問：「你記得順順嗎？」

「記得，在醫院快餐店遇見的女孩。」

「我今日去醫院探病，再次遇見他們，順順想跟你做朋友，她問你可不可以同她做朋友。」

「我吃了她的雞髀，我們也知道了對方的名字，已經成為朋友啦。」小博士說。

「朋友是一起成長的伙伴，如果你想跟順順做朋友，你們可以在網絡溝通，或者書信往來。」

小博士想起順順生病的樣子，猶豫起來。

「順順患的是先天疾病，一出世就有病，她沒有多少朋友，你要想清楚呀，別跟她做一天的朋友，然後又絕交呀。」

「我們是朋友，我可以寫信給她。」小博士自信地說。

小博士的爸爸從手機找到順順爸爸給他的地址，隨手抄在紙上。小博士拿到地址後，走到書桌前開始寫信。

親愛的順順：

你好嗎？

我是袁小博，你在醫院快餐店請我食雞髀的朋友呀。

我今年十二歲，讀小六，喜歡中文、英文、數學和科學，你呢？

我最喜歡觀星活動，還喜歡聽祖母說星座神話，你呢？你喜歡哪些活動呢？

我很喜歡看書的，你喜歡嗎？

等候你的回信。

祝

身體健康

小博上

寫好信後，小博士想了想，隨即多寫一封信。

親愛的關老師：

我是小博，謝謝你在第一封回信讚我心地善良，不過，我沒有你稱讚的善良，我有時會變成小魔怪，令朋友討厭。

你記得我的同學陳欲靜嗎？他有專注力不足和過度活躍症，我用你教的方式跟他做朋友，現在已經是好朋友。雖然他走來走去，拍我的時候會拍到我好痛，經常搶住說話，批評人的時候會說難聽的話，有一次，還弄哭一個女同學，不過，我們知道他不是有意的，所以，會繼續和他做朋友。

陳欲靜已經在我的學校讀書三個月，他不用離開了，他的媽媽請我們去他的生日會，我現在明白，要結交心地善良的朋友，而不是有型漂亮但會騙我的傢伙。

關老師，我們算不算朋友呢？我可以繼續跟你談心事和秘密嗎？

祝

安康

小博上

小博士將兩封信放在寄出和收信的角落後，經常留意可有他的回信，好像等候了許多日，期待的心情是快樂的。

在陽光普照的星期日下午，小博士和同學去參加陳欲靜的戶外生日會，這天來了很多人，小博士沒有數過可有一百人，只見大家都玩得很開心。

陳欲靜全場跑來跑去，沒有一刻停下來，不過，

大家都知道他是快樂的。

從來沒有人聽過陳欲靜說出自己的感受，只是大家都看見他的轉變。他間中記得將雙手放在背後才跟朋友說話，偶然忘記仍會拍打人，幸好力度比以前輕得多。

他們正要離開生日會時，陳欲靜好像想跟小博士說些什麼，但想了半天都想不出要說的話，只管像大灰熊那樣俯身擁抱小博士，嚇了小博士一跳，然後，陳欲靜走去將哈比抱起再放下。

小博士知道陳欲靜以擁抱代表說話，他想說他們是好朋友。

小博士將雙手放在背後，走到陳欲靜面前，說：「我們先走了，好朋友。」

陳欲靜抓了抓頭髮，呆呆地笑起來，然後跑開了。

離開生日會後，哈比跟小博士說：「好像大熊座。」

「什麼大熊座？」小博士問。

「靜靜好像是大熊座的媽媽，外表是大黑熊，不過，大黑熊原是好愛好愛兒子的媽媽。」哈比說。

「陳欲靜穿灰色衣服，頂多像大灰熊。」小博士笑說。

「所以，他不是黑熊媽媽，只是灰熊朋友。」哈比說。

「這是什麼道理？」小博士笑問。

「這是哈比的大熊理論，好深奧的，連博士都未必明白，何況你只是小博士。」哈比笑說：「我智商多少你智商多少？」

小博士笑起來，說：「我智商低，真是不明白，求高智商的哈比高人解釋。」

哈比只管笑，輕輕拍打小博士一下，兩人就這樣說說笑笑回家去。

回到家中，小博士看見信件角落有兩封信，開心得跳起來，連忙拆閱。

親愛的小博士：

高興知道你和陳欲靜成為朋友，你明白的事情已經不少，真是長大了。

古人認為『交友須勝己，似我不如無』，意思是朋友的水準一定要比自己好，才值得結交，要不然，不如沒有朋友。這種看法似乎有道理，朋友優秀可以提升自己的水平。然而，這種想法也是自私的，個個都想高攀比自己好的朋友，優秀的人為什麼要跟不如自己的人做朋友呢？

友誼是雙方的，每個人都有優點和缺點，能夠結交出色的朋友是幸運，和自己相同水平的人做朋友是正常，結識看來沒有自己那樣幸運的朋友，例如朋友的健康、智力或家境不如自己那樣幸運的，同樣快樂。

外在條件並不重要，重要的是朋友的心地，別跟貪婪自私的人做朋友，他們的專長是出賣朋友，有天發現被朋友出賣就不太好了。

你稱我是關老師，我們可以亦師亦友，但你的心事和秘密還是跟身邊親近的人說較好。

祝

你和你的朋友友誼永固

關麗珊

親愛的小博：

我是順順呀，我第一次收到朋友的信，好開心，開心過食雞髀。

我今年十歲，我讀小二，因為有病，我讀了兩年小一和兩年小二。

我最喜歡看書，因為在醫院躺在病牀，除了睡覺和看電視，就是看書，除了看書，我最喜歡食雞髀，下次見到你，再請你食雞髀。

多謝你和我做朋友，我好開心，開心過食雞髀。

你多點寫信給我，我在醫院可以看很多次，看很多很多次，好開心。

你的朋友

順順上